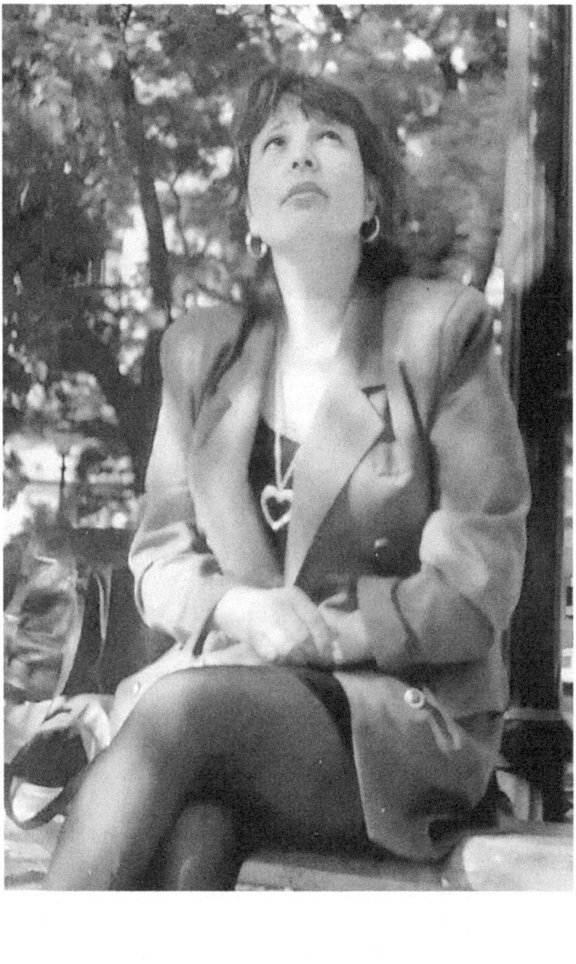

Ana María Mendiola Cano, nace en Tarma - Junín - Perú., de niña sintió atracción por todo lo creado en la tierra y sobremanera, el azul del cielo y sus cambios de colores entre el día y la noche. Se complacía en observar a los animales que se cruzaban por su camino.

A la edad de 8 años se preguntaba, si los animales al igual que los humanos, tendrían una misión en la tierra y muchas preguntas que se quedaban sin respuesta. Desde pequeña ya tenía visiones y sueños con imágenes de seres de otra galaxia, y personajes de otras dimensiones. Muchas veces viendo jugar a sus hermanos, sentía que no era parte de ellos pues no quería correr. Ana quería volar tan alto como las nubes, sentarse en una estrella y viajar por la galaxia, que es donde ella siente que pertenece. Alguna vez quiso contar a la gente su sentir pero se daba cuenta que todos vivían en su propio tiempo. Hoy entiende el porqué de sus tristezas y alegrías y se atreve a contar vivencias y sueños, que entrega a ustedes a través de la novela "*La Mujer de las alas rotas*", que nace a la luz y pone en sus manos.

LA MUJER DE LAS ALAS ROTAS

Ana María Mendiola Cano

LA MUJER

DE LAS ALAS ROTAS

de

Ana María Mendiola Cano

NOVELA

Copyright
Noticia de Protección de Derechos De Autor
Este libro y su contenido completo están protegidos por las leyes de protección de escritores, autores y de ideas publicadas de acuerdo con las leyes de derechos de autor vigentes en cualquier país del mundo., por las leyes de Copyright de los Estados Unidos de América y de todos los países de la unión de Derechos de Autor.

Ninguna parte de esta obra puede ser reproducida en ninguna forma o en ningún medio.

Todos los derechos reservados, incluyendo, pero no limitados a: conferencias, lecturas públicas, transmisiones radiales o televisadas, reproducciones electrónicas en CDs y/o DVDs, discos duros de co mputadoras, teléfonos celulares, traducciones son estrictamente reservados por el autor.

Producciones y puestas en escena de esta obra, ya sean profesionales o amateur, sin el permiso escrito por el autor están completamente prohibidas. Todos los derechos de autor con referencia a producciones cinematográficas, videos, actuaciones privadas o públicas requieren el permiso del autor.

Preguntas y/o referencias acerca de los permisos requeridos, sin importar el medio, deben ser hechas al autor: Ana Maria Mendiola Cano

Professional and amateurs are hereby warned that the material is fully protected under the Copyright Laws of the United States of America and all the other countries of the Copyright U nion, is subject to royalty. All rights including, but not limited to: professional, amateur, recording, motion pictures, recitation, lecturing, public reading, radio and television broadcasting and the rights of translation into any foreign language are strictly reserved.

Copyright © 2024 Ana Maria Mendiola Cano

ISBN: 9798329061376

Información Editorial

Fotos:
Diseño de las portadas:
To

Revisión y Edición: Antonio de Pórcel
Prefacio: Ana Maria Mendiola Cano
Prólogo: Ana Maria Mendiola Cano

Publicado por:
Antonio de Pórcel Flores Jaimes Freyre
Fresno, California
Estados Unidos de América USA
Segunda Edición: 2024

Editorial:
**"Tres Baturros
En Un Burro"**

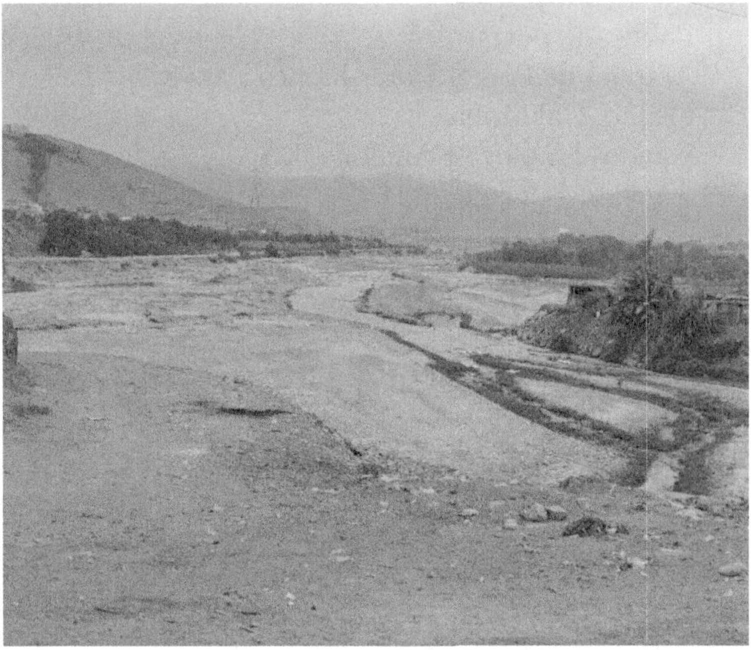

Índice

Foto de Maria La Autora	01
Quien es Maria La Escritora - Autora	02
La Mujer de las Alas Rotas - Novela	03
Copyright Noticia - Segunda Edición - ISBN:	04
Información Editorial	05
Índice	07
Dedicatoria	09
Las Murallas de Chuquitanta	10
Reconocimientos	11
Las Huacas "El Paraíso"	12
Agradecimientos	13
Prefacio	15
Prólogo	17
LA MUJER DE LAS ALAS ROTAS	19
Al Principio El Paraíso	21
Mi Familia -- El Galope	22
El Carro con Caballos -- La Cueva	24
Sueños de mi Madre	26
Las Ruinas	27
La Enorme Serpiente	28
El Barco y las Sirenas	30
Carlos en la Cueva de las Sirenas	32
En la Hacienda la Ayuda de las Vecinas	34
El Sauce y Don Jacinto	35
Las Piedras de Oro	38
Quince Añera	39
Carrera Técnica - Lima	44
El Primer Amor	45
Como Alcanzar La Paz	48
Sueños - El Anillo - El Pájaro de Alas Rotas	50
Pescado Aplastadito	51
Declaración de Franco	52
Los Espíritus	53

Las Rocas - La Cueva y el Barco	55
Cumpleaños de Don Mario	56
La Huaca - El Carruaje Negro	58
Empleo de Mariela - Lima	61
Título	63
La Casa de la Señora Elena	64
Vuelta a la Hacienda - Los Regalos	66
Vuelta al Trabajo - Gladis	68
La Mamá de Elena - Señora Elegante	70
Nuevo Trance -- Marcos	74
Franco -- La Mujer Vestida de Negro	77
Marco -- Franco ---- Las Joyas	82
Título	87
El Accidente - El Milagro	88
La Amnesia	93
La Casa Vieja -- Los Niños	96
El Afiche -- La Fotografía	98
La Señora Elena	100
La Recuperación de Mariela	104
El Regreso de Mariela	106
Sueño --La Abuela Carmela	107
Javier -- Novios	108
La Mujer De Las Alas Rotas	135
FIN	137

"¿Sabes mamá?

En mis sueños veo a una señora de blanco;

No veo su rostro, pero me tranquiliza,

me gusta verla... luego se va.

¿Quién será?"

Dedicatoria

A mi Creador.
A su hijo Jesucristo.
A mis padres.

A mis hijos.

A mi familia toda.
A mí querido lector.

A la vida.

Ana Maria

LAS MURALLAS DE CHUQUITANTA
PRE- CERAMICOS

Reconocimientos

A

Ana Maria

LAS HUACAS "EL PARAISO"

Agradecimientos

Agradezco valiosa colaboración:

En la publicación,

A mi querida
Por animarme

A mis amigas y amigos:

Miles de gracias a todos, cada uno, a su manera, me han ayudado y estimulado durante el transcurso de mi corta carrera como escritor.

Ana Maria

Prefacio

¡Hola querido lector...!

Mi nombre es: Ana María Mendiola Cano
Nací en Tarma-Junín-Perú.
Hija de padres campesinos.

De niña sentí atracción por todo lo creado en el universo, en gran manera, por el cielo azul y sus cambios de colores, en el día y en la noche.

En el día admiraba el sol, por la energía que aporta a las plantas en su crecimiento y a los seres vivos de la tierra.

Por las noches, el inmenso manto azul celeste, lleno de estrellas brillantes y muchas luces que se acercaban a mí y retrocedían a gran velocidad; a la luna, llena de energía maravillosa a mis ojos, compañera en mis noches de nostalgia.

Observaba a los animales, a los que se cruzan en mi camino y siento curiosidad por saber qué hacen, cuál es su misión en la tierra.

Muchas veces me he preguntado: ¿cuál es mi misión en este tiempo?

Tenía ocho años cuando comencé a hacer preguntas que se quedaron sin respuestas. Fui creciendo, veía a personas de otras épocas, carruajes, indios, naves que volaban por el espacio, seres muy altos, que me hablaban con ternura, sueños que se hacían realidad.

Muchas noches, sentada en una piedra del patio en casa de mis padres, veía jugar a mis hermanos y sentía que no era parte de ellos.

Yo quería volar por las nubes, sentarme en una estrella, visitar otros planetas.

Siento que soy parte de ese universo, allá arriba y quiero contar a la gente mi sentir... pero cada quien vive en su propio tiempo.

Hoy entiendo el porqué de mis aflicciones y alegrías; el planeta y el universo, está lleno de misterios, es como un libro abierto para nuestro entendimiento, pero muchos se deslumbran con imágenes ficticias, encerrándose en su sabiduría llamada...ignorancia.

Al cumplir los quince años nació Mariela, plasmando en ella parte de mis vivencias y sueños.

Con ella nace:

La Mujer De Las Alas Rotas

Gracias por su tiempo y por leerme.

Su amiga:

Ana María Mendiola Cano

Chaclacayo

Lima- Perú

Prólogo

En este libro mis lectoras y lectores encontrarán dos cuentos bohemios, inspirados en ilusiones

LA MUJER

DE LAS ALAS ROTAS

de

Ana María Mendiola Cano

NOVELA

La Autora

Al Principio -- El Paraíso

Los tiempos se detienen, al encuentro, del apasionado beso de la mar y el agua dulce del Río Chillón. Mientras las truchas aprovechan el romance de los dos…suben por las aguas de este río generoso, buscando un arroyo, dónde depositar sus huevos. Acompaña el cielo azul del verano y las suaves caricias del viento, en las costas limeñas del Perú.

A orillas del Río Chillón, está situada la hacienda Chuquitanta, en una zona paradisíaca, de muchos árboles frutales y espesa vegetación. Muy cerca a la falda de unos cerros, se encuentra una ruina llamada "El Paraíso"

Los lugareños comentan, que en una de sus paredes de piedras hay una entrada secreta con salida a la mar. La gente que visita estas ruinas, pegan los oídos a una de las paredes de piedra, para escuchar el sonido de las olas estrellándose en los arrecifes. Frente a éstas ruinas, se deja ver un hermoso viñedo de "uvas Italia" de granos grandes y dulces.

Cerca de ahí, vivo yo, Mariela. Mis padres, se dedican al cultivo de la tierra. Aunque muy pobres, tratamos de ser felices con el gran amor, respeto y armonía que nos une.

Don Tomás Carbajal. Mi padre, es un hombre rudo, alto, de tez blanca, amoroso a su manera. En sus ratos libres, se dedica a la crianza de gallos de pelea; los entrena para las apuestas que hace con nuestros vecinos y amigos. Toca la guitarra canta, rodeado de mis hermanos, yo y mamá

Francisca Rojas. Mi madre, es luchadora, hogareña, de rasgos europeos, trigueña, de regular estatura, amorosa, comprensiva, dedicada a nosotros, sus hijos y su amado esposo. Nos enseña a criar patos, gallinas, cuyes y otros animales domésticos.   13

Vivimos en una casita de adobe con techo de paja; somos cuatro hermanos: Carlos el mayor, Francisco el segundo, Mariela, la tercera y Sandra la cuarta y última de mis hermanitos.

A una hora de mi casita, está ubicada la casona de los hacendados. Y la escuelita dónde asistimos a clases. Todos los días, madrugamos para ayudar a mi madre a preparar el almuerzo, que llevamos a la escuela.

Mi Familia

Mi madre nos ama mucho, siempre nos demuestra su amor. Cuando prepara el desayuno y el almuerzo, que llena en tazones pequeños para cada uno de nosotros y los envuelve en costalitos, para que no se enfríen. Llena botellas con agua de manzana o membrillo; tuesta cancha, habas y hace queso de la leche de vaca o cabra… cada uno de nosotros, llevamos nuestra comida y un block. Ella cose nuestros mandiles que llevamos puestos.

Hacemos la caminata a la escuelita con gusto, porque queremos estudiar. La maestra, muy alegre nos espera todos los días en la puerta de la escuela. Carlos, Francisco y Sandra, son juguetones, traviesos y muy acomedidos con la maestra, la queremos mucho. Le llevamos flores silvestres, frutas, huevos, gallina o conejo.

Yo, Mariela, siempre busco la forma de ayudar a mis vecinos, llevando alimentos a quien lo necesita. A mi corta edad, me preocupa los niños que no tienen para comer, por eso, mis vecinos me dicen que soy un ángel, a la vez muy extraña, porque me ven que hablo con los animales y las plantas; me ven caminar, conversando con alguien que sólo yo, puedo ver.

El Galope

Una tarde al regresar de la escuela, me adelanto en el camino: mientras, mis hermanos se quedan persiguiendo a un quirquincho por los Algodonales. Me detengo frente a una planta de guayaba, al pie de un paredón construido de bloques de barro y paja, de una cuadra, que hay en la zona; me acerco a recoger los frutos, para llevárselos a mi madre, para que prepare mermelada.

Y a la vez, llevarles un poco a mis vecinos.

Me encontraba distraída, cuando escucho el galope de unos caballos; miré a todos lados y no vi nada, pero escuchaba, que se acercaba, cada vez más.

Tan fuerte es el galope, que mi corazón aumentó el ritmo cardíaco, levanté la cabeza y vi por encima del paredón, un carruaje negro, jalado por caballos del mismo color, pasar a todo galope y perderse al otro extremo.

Quedé paralizada dejando caer la manta con las guayabas que había recogido; reaccionando, llamé a mi hermana menor.

--- ¡Sandra, vamos apúrate!
--- ¡Ya voy Mariela! ¡Carlos ya tiene al animalito!

Corriendo, mis hermanos se acercan a mí, mientras exclamo.

--- ¡Qué grande es! le va a gustar a mamá, ahora vámonos ya se está haciendo de noche.
--- ¡Qué miedosa eres Mariela, todavía es temprano! recoge las guayabas que tiraste al suelo, están llenas de polvo, te ayudaré.
--- ¡Gracias Sandrita, ahora vámonos, para que papá no se moleste!

Caminamos de prisa, mientras el quirquincho se movía asustado en la manta de Carlos, presintiendo su final. A lo lejos, mi madre Francisca, nos divisa por el camino, preocupada… y al vernos llegar nos llama la atención:

--- ¿Por qué se han demorado tanto? ¿Qué traes ahí Carlos?
---Mira mamá, es un quirquincho grande, dicen que tiene varios sabores y que es muy rico.
--- Es cierto Carlos, es grande… bueno pasen adentro. Carlos lleva al quirquincho al corral, pon lo separado, no quiero que peleen con los otros animales.

Un Carro Con Caballos

Mientras mi madre, ordena a Carlos encerrar al quirquincho, yo la llevo del brazo a un lado de la cocina, preguntándole.

--- Mami, ¿puedo conversar contigo? Hoy vi un carro con caballos.
--- ¿Carro con caballos? ya no hay carros con caballos Mariela.
--- Ya lo sé mami, pero lo vi.
--- Cálmate hija, te prometo que mañana sábado, cuando vayamos al río a lavar ropa, conversamos. Yo también tengo que decirte muchas cosas que tú no sabes, acerca de tu abuela y de lo que a ti te pasa... ya llega tu papá, vamos a servir la comida.
--- Si mamá, vamos.

Mamá, prende la lamparita de querosene, y nos sentamos alrededor de la mesa: durante toda la comida, hablamos, sólo del quirquincho que había encontrado Carlos. Después de cenar, papá tomó la guitarra y entonó unas canciones, lo acompañamos cantando unos huaynos. Luego de unas horas nos retiramos a descansar.

La Cueva

Esa noche, soñé caminando por un arenal, fatigada, divisé a lo lejos unas rocas y conforme me acercaba vi una cueva... con mucho esfuerzo llegué a la entrada, sentándome a descansar un rato, luego me levanto y entro en la cueva. Conforme avanzaba se ilumina el interior y se amplía la cavidad; después diviso una pequeña laguna y dentro de ella, a la luna reflejada. Asombrada levanté la mirada al techo de la cueva y sólo encuentre rocas; seguí caminando y vi unos carritos mineros, al acercarme, vi muchos ancianos y niños durmiendo dentro de ellos, todos vestidos de blanco... sentí ternura en mi ser; luego, escucho una voz que me dice.

--- Lleva a los ancianos y los niños a la casa que está al otro lado de la cueva…
--- ¿Cómo podré yo sola?
--- No te preocupes, tendrás mucha energía y podrás.

Empujé los coches por el riel, deslizándose como si estuviera aceitado, estando muy oxidado. Los empujé un largo trecho hasta la otra entrada de la cueva. Al salir, ya oscurecía y vi una casa muy grande de color del mármol, suspendida en el aire, con el techo de forma del hongo… transparente.

Por un momento quede asombrada mirando la casa. Preguntándome.

--- ¿Cómo subiré hasta allá, a los ancianos y niños?

Cuando vi, que la puerta se abre saliendo una luz en forma de puente, llegando a mis pies, por un momento, sentí temor; luego de unos segundos, cuando toqué al coche, este empieza a deslizarse hasta la entrada de la casa, dentro de ella, todo está iluminado y siento una gran paz, luego regreso, por los demás coches y los subo a todos. Después, todos los ancianos y niños, se levantan sonrientes agradeciéndome, el haberlos ayudado.

--- Deseo quedarme con ustedes. Les dije.
--- Aún no es el momento, regresaremos por ti.

Sentí tristeza, pero sonriendo baje por el puente de luz. Luego vi, como la casa desaparece en el aire. El llamado de mi hermano Carlos me despierta:

--- ¡Ya amaneció!

Papa y Carlos, matan al quirquincho y lo saboreamos en el almuerzo, luego pusimos a secar su caparazón para ponerlo de adorno.
Por la tarde, mi madre y yo, llevamos la ropa a lavar al rio. La lavamos, tendiéndola en los arbustos; mientras ésta seca, nos sentamos a tener la charla pendiente; mi madre, medita por un momento y empieza a contarme, la vida de mi abuela.

Sueños de mi Madre

Cuando mi madre tenía ocho, años decían que estaba enferma, porque desde muy pequeña veía, soñaba y conversaba, con seres que los demás, no veían; y cuando la llevaron al médico, éste decía que

Estaba neurológicamente mal, por eso tenía alucinaciones. Mi abuelo prohibió hablar de ese tema y no la sometió a ningún tratamiento.

Cada vez que mi madre veía, su madre le decía que no dijera más mentiras, que no quería escuchar nada. Mi madre lloraba mucho y se refugiaba conversando con los pajaritos, pero con las personas, se volvió muy callada; sólo hablaba con mi abuela y ella también sufría.

Creció y a los quince años, la casaron con un hombre quince años mayor. Ese hombre, mi padre, resultó ser muy bueno; la cuidó, la comprendió y creyó en ella. ¿Sabes por qué? porque él, era como ella, y jamás lo dijo. Ellos vivieron ayudando a mucha gente.

--- Me tuvieron a mí, mas yo no he heredado de ellos… pero tú sí, tú lo heredaste de tus abuelos, tienes algo especial, que debes aprender a controlar. No digas nada a tu padre, él no sabe de estas cosas y no quiero, que piense que estás loca, como dicen ahora:
--- Si mamá, pero tengo miedo… yo me asusto cuando veo a esas personas y me miran con ojos de dolor. Dime ¿cómo hicieron mis abuelos, para no tener miedo?
--- Solos no pudieron, ellos fueron ayudados por personas que viven muy lejos, muy lejos; quizás en cualquier momento se te presentarán a ti y ellos serán tu guía y fuerza; mientras tanto, ten paciencia y mucha fe.
--- ¿Sabes mamá? en mis sueños veo a una señora de blanco; no veo su rostro, pero me tranquiliza y me gusta verla… luego se va.

--- ¿Quién será?, ya voy a cumplir doce años y quisiera saber más, pero como tú dices, debo tener paciencia y esperar; anoche también tuve un largo sueño… luego te cuento:
--- Bueno mamá voy a sacar camarones para llevarle a Rosita, apenas tienen para comer y me da pena.
--- Saca todos los que puedas y cuidado con los pinchazos, jajajaja.

Mi madre y yo, tenemos una hermosa relación. Mientras cazo los camarones, ella me observa. Soy un ser alegre y caritativa; trato de dar lo mejor de mí. Meto las manos entre las piedras y atrapo camarones y los tiro al balde. Entre risas y alborotos invito a mi madre a ayudarme, así entre las dos cazamos, cuatro kilos de camarones; saliendo del agua nos pusimos nuestras polleras (faldas de colores), recogimos la ropa y regresamos a casa, cada una con nuestra carga de ropa en la espalda.

Las Ruinas

Al día siguiente por la mañana, Carlos va a jugar pelota con Francisco, yo le pido permiso a mi padre para ir a las ruinas.

--- Papá, ¿puedo ir a las ruinas a pasear, por la tarde?
--- ¡Ah, las ruinas!, ¿Con quién iras? ¡Sola no!, es peligroso…, hay arañas.
--- Sola no papá, voy con mamá y con mi hermana, ¡nunca nos dejas ir!, ¿es por las arañas? o por otra cosa. ¿Es verdad lo que cuentan de esas ruinas papá?
--- No sé hija; pero ya que tanto quieren ir, las acompañaré. De paso traemos unos tallitos de "uva Italia" para sembrar… esas uvas son tan ricas y tienen más años que mi abuela jajajaja, y siempre dan cargaditas, grandes y muy dulces.

Sonriendo papá se va al corral a entrenar a sus gallos, mientras mamá y yo, cocinamos. Por la tarde, llevamos unas mantas y caminamos hasta llegar a las ruinas. Mi padre me muestra una pared de piedras y dice:

--- Ven, escucha, pega tu oreja a la pared, oirás las olas de la mar.
--- Sí papá, a ver. ¡Si… es cierto que se escuchan las olas de la mar y hasta puedo olerlo!
--- ¿Qué estás diciendo Mariela?
--- Nada papá… me equivoqué.

Por un momento, me aparto de la pared y llamo a mi madre, ella se acerca a mi lado. Sentía temor, empecé a temblar asustada, mi padre moviendo la cabeza se aleja a cortar tallitos de uvas, yo quedo con mi mamá, mientras me pregunta:

--- ¿Qué te pasa Mariela?
--- ¡Ay, mamá!, estoy viendo una cueva y al otro lado hay mucha agua… ¡es la mar mamá puedo olerlo también!, la entrada está tras esa pared, pero también hay otras cuevas ahí adentro y hay gente que está atrapada. ¡Ay mamá, vámonos, ya no quiero estar aquí, esa gente me está llamando vámonos!
--- ¡Cálmate, vámonos!, tienes que aprender a controlarte, tu abuela lo hizo y sé que tú puedes.

Mientras mi madre me hablaba nos alejamos del lugar, acercándonos a la chacra de uvas, donde se encontraba mi padre y mi hermana.

Esa noche no pude dormir; en mis sueños escuchaba que me llamaban y despertaba a cada momento. Temblorosa, me siento en la pequeña cama y pido a mi Creador, que me ayude; luego me abrazo a mi hermana, con quien comparto el lecho y susurrando una canción; me quedo dormida.

Al día siguiente a la escuela y a seguir prestando ayuda, olvidándome de mi misma.

La Enorme Serpiente

Una tarde después de la escuela, mis hermanos caminaban lento y apresuro el paso por el paredón; al llegar al final me detengo, frente a mis pies estaba enroscada una enorme serpiente que me miraba con sus ojos rojos… quedé paralizada viéndola; luego hizo un movimiento la serpiente como invitándome a seguirla, pero no podía moverme… como una autómata la seguí; su cuerpo brillaba como el oro, me tenía hipnotizada, la risa de mis hermanos, me sacó del trance y por un pequeño hueco la serpiente desapareció.

Las pequeñas manos de mi hermanita Sandra, me volvieron a la realidad. Miré por un momento a mi hermana abrazándola; le di un beso alejándonos del lugar.

No comente el encuentro con la serpiente. Muy callada ayudo a mi madre y ceno, en silencio.

Después de cenar, mi padre, nos reúne.

— --- El sábado muy temprano, iremos a pescar… iremos todos, así que preparen agua, sal, manteca, limón, papas, camote y choclos; también las cañas de pesca; ¿están de acuerdo?

--- Si papá…
--- ¿Estás de acuerdo mi amor?
--- Sí, estoy de acuerdo, mi vida.
--- ¡Qué bueno! Hace mucho tiempo que no vamos a pescar.
--- ¿A qué hora partiremos viejo?
--- A las cuatro de la mañana ya está clareando el día y regresamos el domingo por la tarde.
--- ¡Viva… qué bueno! -exclama Sandra-. ¿Y me dejarás entrar a la mar papá?
--- Yo te sostendré Sandra, eres muy pequeña aún; bueno, a dormir que mañana hay clases.

Con alegría esperamos, el ansiado día, llegando muy rápido. Mi padre, llena un porongo de agua, mientras yo y mi viejita, llenamos en mantas.
Papas, camotes choclos, manteca, sal, limones, alguna fruta también. Mi hermanita Sandra, lleva dulces y pan. Salimos de casa y caminamos una hora hasta llegar a la carretera, de ahí otra hora, hasta la playa y los arrecifes; *(en estos tiempos está cercada por la Refinería "La Pampilla")*

Es una playita rodeada de rocas y entre las rocas se deja ver, una cueva. Los pescadores comentaban que, de la cueva, salían sirenas a cantar para los jóvenes, que iban de pesca y que ya se habían llevado a unos cuantos, porque jamás regresaron a sus hogares, ni encontraron sus cuerpos.

Mi padre, nos prohibió alejarnos del pequeño campamento, que construimos, Bajo la sombra de unas rocas. Mi padre y mis hermanos, enterraron los porongos, para que no se caliente el agua dulce que llevamos. Yo, me puse a buscar pequeños musgos secos, que la mar vara a la orilla de la playa. Mientras papá y Carlos, suben a las peñas a pescar y la traviesa Sandra corretea por la arena dando gritos de alegría.

Después de una hora, bajan papá y Carlos, con buena cantidad de peces; mamá, se puso a limpiarlos mientras que yo esperaba con el perol caliente para freírlos. En otra fogata se cocinaban papas, camotes, choclos… todos ayudaron, entre risas y cantos. Por la tarde, pescaron para la comida.

El Barco y las Sirenas

Mientras papá y mi hermano pescaban, subí a las rocas y vi, una bolichera encima de las rocas y gente que bajaba de ella a la arena. Me vieron y me llamaron:

--- Hermosa doncella, ¡venid con nosotros, el barco pronto zarpará; vamos a conocer otras islas… venid!
--- ¿De a dónde me conocen? ¿Por qué están vestidos con esas ropas y esos sombreros raros?; ¡yo no estoy sola, mi familia está conmigo y no puedo ir con ustedes!
--- Tú eres la que está vestida de una forma muy extraña, tienes puesto faldas de colores, ¿dónde la conseguiste? ¿Acaso no tienes ropa? ¿Dónde está tu padre, tu familia? ¿No será que estás sola?
--- ¡No estoy sola, abajo están!, ¿a dónde llevan esos baúles? ¿Qué llevan dentro? ¿Y por qué está su barco en la arena y no en el mar?

--- ¡Ay niña! ¿Qué te está pasando? ¿Acaso no ves el barco en el agua?
--- Ustedes no ven, ¡el barco está de costado encima de la arena!, y está viejo… como si hubiera chocado y sus ropas están viejas, rotas y tienen la barba crecida y blanca.

--- ¡Mariela! ¿Dónde estás?... escuche la voz de mi padre.
--- ¡Aquí papá, arriba de las rocas!

Me acerque a la orilla de las rocas, para que mi padre me vea; luego voltee a mirar el barco, estaba sin su tripulación; ¡todos habían desaparecido!

Mi padre llega junto a mí, preguntándome:

--- ¿Qué haces aquí?
--- Contemplando el arenal y ese barco viejo.
--- ¿Qué te pasa Mariela? ¡Estás pálida! ¿Te sientes bien?
--- No papá… creo que me dio aire, me duelen los ojos.
--- ¿Por qué subes hasta acá?, vamos, te pondré un poco de aguardiente; eso es bueno para el aire.
--- Si papá, descansaré un poco; ya me pasará.

Mentí a mi padre, porque no quería que se preocupara, por mis visiones. Amo a mi padre ciento que aun, no es el momento, para comentar mi sentir. Al llegar abajo, mi madre al verme, se dio cuenta, me tomó por un brazo y sin que notaran su preocupación, me llevó al pequeño refugio que habíamos construido bajo las rocas.

Ahí me preguntó, qué había visto esta vez. Le comento lo sucedido abrazándome a ella, llorando. Carlos, nos observaba de lejos, se acerca y en un tono autoritario me pregunta:

--- ¿Qué te pasa? ¿Te enfermaste ahora que estamos bien?, yo no quiero irme sino, hasta ver la cueva de las sirenas, así que ponte bien, si no, papá es capaz de decir ¡vámonos!, cúrala mamá.
--- ¡Basta!, ella no tiene nada, sólo un dolor de cabeza, le dio aire. ¿Y quieres entrar a la cueva de las sirenas? ¡Estás loco o qué! ¿Crees que tu papá te lo va a permitir? ¡Ni lo sueñes!

--- Ya mamá no te enojes, Carlos sabe que no hará eso… ya se me está pasando el dolor, voy a tender una manta, para recostarme un rato; ya están saliendo las estrellas.
--- Sí, hija, y están hermosas. Mira la luna, parece un pedacito de queso, bueno… recuéstate, seguro tu papá, se pondrá a tocar su guitarra; ojalá no vengan las sirenas por él jajajajaja.
--- ¡Ay mamá, qué cosas dices! jajajaja.

Después de comer, mi padre, con la guitarra en el hombro, se sienta en una pequeña roca y entona unos huaynos y boleros… todos duermen, él se acuesta al lado de su esposa y empieza con sus ronquidos.

Carlos en La Cueva de las Sirenas

Carlos se despierta con el ruido y viendo que todos duermen, se levanta despacito; dirigiéndose a la cueva de las sirenas… con curiosidad se va acercando y escucha el canto de una mujer; esa hermosa melodía triste, lo atrapa, lo envuelve y pronto queda hipnotizado. Muy despacio, se acerca a la cueva, la marea empieza a bajar, dejándole el paso libre. Al llegar, se detiene y ve a unas hermosas jóvenes, jugando en la entrada de la cueva… dentro, hay luces, luces muy fuertes; las jóvenes vestían ropas ligeras. Tienen la cabellera larga, algunas de color rubio, otras de color negro, hermosas todas ellas, con ojos muy brillantes y de la cintura para abajo en forma de cola de pez, otras tienen piernas.

Al llegar a ellas, sus manos se extendieron para tocarlas, pero se alejaron sonrientes; luego salió una joven, lo tomó por el brazo invitándolo a entrar, pero en eso, se escucha la voz de papá, llamándolo:

--- ¡Carlos!, ¿Dónde estás?, ¡Carlos!, ¿Dónde estás?... ¡responde carajo!

Sólo el silbar del viento respondía. Empieza a subir a los arrecifes y cuando llega arriba, mira

Al acantilado; en medio de una roca, al frente de la cueva, se encuentra Carlos, boca abajo, parecía muerto. Baja apresurado del arrecife, metiéndose a la mar, nadando para llegar a donde Carlos se encuentra; sube y levantándole la cabeza, acerca su rostro, para escuchar su respiración.

Al sentir su pulso, lo abraza y trata de despertarlo... en el intento mira a todos lados, para ver si había alguien que lo ayudara; pero al fijar su mirada en la cueva, vio luces y escucha risas. Rápidamente volvió la mirada y mueve a Carlos bruscamente; mi hermano despierta, lo toma por debajo de los brazos y nada con él, hasta la orilla de la pequeña playa, con angustia reflejada en nuestros rostros, lo esperamos, inquietos, hasta que los vimos llegar.

Corrimos hacia ellos ayudando a mi padre, llevando a Carlos. Después de muchos masajes en todo el cuerpo, Carlos se puso de pie y dijo:

--- ¿Qué pasó? ¿Dónde están las chicas bonitas de la cueva? ¡Esa luz, esa luz me enceguecio y no recuerdo más!

Muy enojado mi padre le dice:

--- ¡Me desobedeciste Carlos! te dije que no fueras allá y no has hecho caso... ¿qué carajos estabas pensando? ¿Dime?, ¡pudiste haber muerto, te hubieran llevado esas sirenas, igual que a otros muchachos!, ¡vete a descansar porque después nos vamos y no se te ocurra volver al mar!... voy a pescar un rato.

Carlos obedeció a mi padre y se fue a descansar, mientras las preguntas, de mis hermanos y mi madre, se mecen en el aire. Tambaleándose aún se tira, en unas mantas, mi madre lo cubre, porque le quitamos la ropa mojada, durmiéndose hasta el mediodía, sin escuchar nada, por más que mis hermanos, hicieran ruido. El olor del pescado frito lo despierta, él hambre mucho más.

Se levanta y corre a nuestro lado, como si no hubiera pasado nada y dijo:

--- Me quedé dormido mamá, ¡que hambre tengo!, hola papá, ¿te sientes bien?
--- ¿Te sientes bien, Carlos? ¿Recuerdas lo que te pasó anoche?
--- Anoche… ¿Qué pasó anoche papá?, sólo sé que tengo hambre; después me cuentan. ¡Qué rico está!, todos nos miramos, y no se comentó más el asunto.

En la Hacienda - Ayuda a las Vecinas

Después del almuerzo preparamos, nuestras cosas, emprendiedo el regreso a casa. Esta vez en silencio. Al llegar a la carretera, un camión que se dirige a la hacienda, se ofrece a llevarnos, el chofer es conocido de mi padre, subimos y en pocos minutos llegamos a mi hogar. Agradecimos, el gesto amable del amigo de mi papá y entramos a la casa. Después de guardar todo, pido permiso a mi padre para llevarles pescado a unas vecinas cercanas, mi padre moviendo la cabeza me dice:

--- Tú tan servicial como de costumbre, ¿Y quién piensa en ti?... bueno anda y no regreses tarde.
--- Gracias papá, ya verás que a nosotros nos irá bien en todo, te quiero papá.

Mirando un poco preocupado a Carlos, papá dio media vuelta y salió al patio a entrenar sus gallos de pelea.

Una hora después, regreso con Sandra, cargando frutas, que nos regalaron, pujando por el peso llamamos a mi mamá:

--- ¡Mamá, mira lo que me regalaron! uvas, manzanas y peras, también cebollas, ajos y zanahorias; me dieron más, pero no podía traerlos, ¿Puedes ir tú Carlos?, el capataz de la hacienda me dijo que me llevara todo, lo que hay en su almacén porque se iba a malograr y hay papas, camotes, tomates, lechugas y otras cosas más… hay que decirles a nuestros vecinos papá, vamos Carlos llevaremos a nuestros vecinos; estamos con suerte hoy.

Con alegría y agradecimiento, vamos en busca de los vecinos y amigos. Guardamos lo que me regalaron, y salimos en busca de nuestros vecinos. Mi madre sonriendo levanta los hombros mientras nos alejamos de la casa.

Ya oscurece; afuera de casa, acompaña una hermosa luna llena; parece de día. Luego de dos horas regresamos con mi padre y mi hermano; traían un saco cada uno, lleno de todo, nuestros vecinos también. Separamos y guardamos las verduras, luego cansados, nos retiramos a descansar. Quedando profundamente dormidos, hasta que nos despierta el canto de los gallos, en la madrugada.

Los siguientes días de semana, regresamos felices a nuestros quehaceres… el trabajo, la casa, la escuela. Una madrugada, salieron los trabajadores de la hacienda a regar las chacras y se repartieron por diferentes lugares; A mi padre, lo enviaron a un extremo de la hacienda, a su amigo Jacinto, cerca de las ruinas "El Paraíso". Ahí tenía que abrir una pequeña compuerta de la accquia, para que pasara agua para las demás chacras.

El Sauce y Don Jacinto

Al lado de la compuerta había un árbol de sauce bastante viejo y bien grueso. Los guardianes nocturnos solían contar, que al pie de ese sauce todas las noches, se prendía fuego; que era una llama azul, empezaba muy bajito e iba creciendo para que todos los que pasaban por ahí, la vieran.

Don Jacinto, es incrédulo, jamás en todo el tiempo que vive en ese lugar, había visto nada. Decía que era puro cuento, pero una noche le toca hacer guardia y cada vez que lo hacía se llevaba una botella de aguardiente, "para el frío… decía:

Llega a la toma de agua y se sienta al otro extremo del sauce, saca la botella de licor y empieza a beber; de pronto, vio el fuego que de la tierra salía, pero no quemaba al sauce y cada vez era más azul.

Al verlo se levanta, tira la botella y dice:

--- ¡Jamás volveré a tomar! ¡Jamás volveré a tomar! Y profiriendo toda clase de groserías, se aleja rumbo a su casa; por primera vez, realmente sentía temor.

Al día siguiente, no fue a trabajar. Mi padre, al ver que su amigo, no se hizo presente en el trabajo fue a verlo, quería saber, qué había sucedido. Al llegar lo encuentra, bien tapado con una frazada, arrinconado en la cocina… lo llama y le pregunta:

--- ¿Qué te pasa Jacinto? ¿Por qué no fuiste a hacer guardianía en la noche? ¿Estás borracho otra vez?
--- No, no es eso Tomás, fui a trabajar y me senté al frente del sauce, y vi el fuego que salía de la tierra, pero no sólo fue eso, también vi a un hombre muy alto, de negro, y un caballo con los ojos rojos… me miraba y sentí miedo, no pude dormir toda la noche; sentía su presencia, tu sabes, yo nunca creí en esas cosas, pero ahora que me pasó a mí, ahora que se me presentó el mismo diablo, es horrible, no quiero volver por allá.
--- ¡Cálmate, yo tampoco creo en esas cosas!, quizás lo imaginaste o estabas muy borracho.
--- Había tomado unos tragos nada más, pero si lo vi, yo lo vi, no estaba borracho.
--- Está bien, está bien duérmete un rato, te traeré algo de comer, esta noche me toca hacer la guardia, están robando las manzanas y las uvas. A mí me darán una escopeta, por las dudas, porque los que vienen, no son de aquí, sino de otros lados. Ya regreso.

Dejando a Jacinto aún con temor, mi padre va en busca del capataz y le comenta lo sucedido; este termina riéndose a carcajadas; sin decir más, recoge el rifle y va por la comida, llevándosela a don Jacinto. Luego se retira a dormir un rato. A las nueve de la noche lo despierta mi madre, le da de comer un buen caldo de gallina, después lo abraza y lo acompaña a la puerta, mi padre empuña el rifle en la mano, dirigiéndose al mismo lugar donde la noche anterior, le tocó el turno a Jacinto.

Mi padre, llega después de veinte minutos de caminata, dando una mirada a todos lados, se sienta en el mismo sitio, donde se sentó Jacinto, mirando a las entradas de las chacras de manzanas; pensativo queda dos horas, luego se levanta y da un recorrido, por la chacra de uvas, volviendo al mismo lugar… así le llegó las cinco de la mañana y todo tranquilo, luego fue a llevarle el rifle al capataz, y a descansar para la jornada nocturna.

Por la tarde, cuando regresamos de la escuela, mi padre lleva a Carlos al corral de los gallos; lo contempla por un momento y sonriendo le pregunta:

--- ¿Qué pasó esa noche en la playa hijo? ¿Cómo llegaste a esa cueva?

Carlos mira a mi padre, un poco avergonzado por lo desobediente que fue con él, e inclinando el rostro contesta a la pregunta…

--- Al principio sentí mucha curiosidad, me acerqué a la playa y vi, cómo el mar se retiraba y me dejó libre el camino a la cueva, luego escuché el canto de una mujer y sentí cómo el cuerpo se me adormecía, después fueron varias voces, ellas me llamaban y fui. Al llegar a la entrada, vi a otras chicas, muy bonitas y me preguntaron, si quería quedarme con ellas. Por medio de un sonido, yo entendía lo que me decían y dije que sí; estaba muy emocionado. Entonces me comentaron que vivían bajo la cueva, ahí tenían su ciudad y había mucha gente, hombres, mujeres y niños. Había una luz muy fuerte… me estaban llevando, cuando escuché tu voz, no recuerdo más, sino hasta despertar en la playa con todos ustedes.

Mi padre, abraza a Carlos, y le dice con voz casi quebrada:

--- Casi te pierdo hijo… ahora sé que lo que decían es verdad; quizás eso fue lo que les pasó a esos muchachos, que se perdieron.
--- Sí papá, perdón por desobedecerte, pero ya no quiero volver a esa playa; aún escucho el canto de esas mujeres llamándome y siento temor.

--- Con el trabajo y los estudios, pronto olvidarás esta experiencia; te quiero y, obedece hijo.

Mi padre abraza nuevamente a mi hermano, entrando en la casa

La mesa esta lista, con la comida servida, nos sentamos y disfrutamos, con alegría de ella; después papá, se fue al trabajo y todo tranquilo durante toda la semana sin ningún incidente.

Las Piedras de Oro

La siguiente semana, toca el turno a don Jacinto en el trabajo de mi padre, se sentía bien, pero con un poco de temor; esta vez, se lleva a un perro grande negro que él, tiene; éste lo acompaña moviendo la cola, se da varias vueltas vigilando todo, y se sienta, mirando a todos lados. De repente, el perro empieza a ladrar y don Jacinto voltea la mirada, pensando que eran rateros, pero nuevamente vio el fuego; levantándose, envuelve una piedra, en su pañuelo, arrojándolo al fuego, para ver si se quema, pero grande fue su sorpresa, cuando el fuego se apaga y en su lugar vio muchas piedras de oro.

Dejándolo todo, corrió, en busca de un amigo del trago, lo lleva al lugar, donde tiró su pañuelo. El amigo al ver el oro, se abalanza sobre él. Jacinto sin tocarlo, deja al amigo y va en busca de mi padre. Quien, al escucharlo, lo acompaña inmediatamente. Al llegar encuentran a Tobías, abrazado a un montón de piedras, y sin una gota de sangre, parecía una momia y el perro, seguía ladrando a las sombras.

Corrieron por un caballo y dieron aviso al capataz. Cuando este llega al lugar de los hechos, no podía creer lo que estaba viendo… volviéndose a mi padre y a don Jacinto dijo:
—Ni una palabra a nadie de esto, lo vamos a enterrar en el cementerio de aquí, él no tiene familia, parece que el abuelo lo agarró y le quitó la sangre. Bueno, vamos de una vez.

Sin decir palabra alguna, envolvieron en una frazada, el cuerpo de Tobías llevándolo al cementerio, enterrándolo ahí. Mientras el perro seguía ladrando. Cuando terminaron la tarea, Mario, el capataz, los lleva al establo dándoles, una vaca a cada uno, con la condición de no decir a nadie lo que había sucedido. Compra el silencio de sus trabajadores, por temor a que se fueran de la hacienda.

Transcurrió varios meses, y los campesinos comentan, que veían a Tobías andando por el camino al sauce viejo, cargando un montón de piedras, con la cabeza inclinada. Mientras tanto, yo, sabía lo que había sucedido, pero, no comentaba nada con mi padre.

Quince Añera

Pasa los años, llegando mi cumpleaños; mis quince años. Llegado el día, me levanto a las cinco de la mañana, con mi madre, fuimos al corral, escogiendo cinco gallinas gordas, un carnero para matarlos, con la ayuda de mis hermanos y mi papá.

Ya tenía el agua hirviendo, cogí una a una las gallinas y las desplumamos, mientras Carlos y Francisco, ayudan a papá a pelar el carnero y cortarlos en trozos y mamá los condimenta… mientras, Sandra prepara el desayuno. Papá trae leche fresca y la entrega a Sandra; Carlos sale a comprar pan y tamales. Francisco va con una carreta a traer piedras del rio, para preparar la pachamanca.
Todo está casi listo. Yo, me siento muy emocionada.

Tomamos el desayuno, limpiamos el patio, lo adornamos, con plantas y maceteros con flores, dejándolo muy bonito.

Luego me fui al río a bañarme y de paso a lavar un poco de ropa… me sentía feliz, me había convertido en toda una mujer. Al llegar al río, lentamente me quito la ropa, quedando completamente desnuda; miro mi cuerpo y sonriendo me desato mis trenzas, mi larga cabellera negra me cubre los glúteos, entro al agua y los pececitos me hacen cosquillas en los pies y el cuerpo; lavo mi cabello, mientras el sol enamorado me acaricia con su calor, los árboles danzan con la brisa y el canto de las aves, hechizados de alegría.

Salgo del agua recostándome, sobre las piedras; cerrando los ojos, me quedo profundamente dormida y sueño… "Me veo, corriendo con un vestido blanco, por un inmenso prado, y del otro extremo, veo correr hacia mí, a un joven vestido de blanco, sonriéndome, con los brazos abiertos, corre hacia mi encontrándonos y abrazándonos fuertemente, dándome vueltas, fundiéndonos en un interminable beso. Me despiertan unos picoteos en las piernas y en el rostro. Asustada me siento, al ver a las gaviotas, sonriendo les digo:

--- ¡Ah!, ¿son ustedes?, ¡Qué manera de despertarme! Pero no importa, ¿Tienen hambre? Les traje pancito y un poquito de maíz. Pero primero me vestiré.

Levantándome me puse mi falda y mi blusa, mirándome en el agua cristalina. Luego, tomé la manta con el pan y maíz, riendo, le tiro a las gaviotas y a los pájaros, que volaban en círculos sobre mi cabeza. Converso un rato con ellas, luego, lavo unas prendas y las tiendo en los arbustos, a secar bajo el ardiente sol.

Largo rato, me puse a mirar a mis amigas las gaviotas. Cuando escucho una voz; quien me dice:

--- Soy tu abuela y vine a saludarte… ¿Puedo darte un abrazo?
--- Pero usted… está muerta, no puede abrazarme.
--- Sí puedo y no estoy muerta, estoy viva, tócame no tengas miedo.
--- Sí, es cierto. ¿Cómo lo hizo o qué hizo para estar tan joven y bonita?
--- No hice nada, luego te comento; ahora dame un abrazo.

Nos unimos en un abrazo, sentándonos sonrientes, en las rocas del río. Carlota mi abuela, me dice:

--- Desde hoy no estarás sola, yo estaré contigo y te ayudaré en todo.

Me besa en la frente, despidiéndose, desaparece".

Aún emocionada, con los ojos llenos de lágrimas, recojo mi ropa, y cuando iba a partir, vi mi balde lleno de camarones. Sonriendo levanto el balde, y mi ropa, alejándome del río. Con mi cabello suelto acariciado por el viento y los rayos del sol. Me había convertido en una hermosa mujer.

Al llegar a mi casa, mi madre, me abraza fuertemente. Luego me sujeto el cabello, mientras le comento lo sucedido, luego llevo los camarones y algo más, que había en casa, a unas familias.

Mientras recorría el camino polvoriento, mis pensamientos afloraron y la figura de aquel joven de mis sueños, volvió. Suspirando vi a un perro que me cierra el paso, mostrando los dientes. Me detengo súbitamente y le digo:

--- ¿Qué pretendes hacerme? ¿Quieres morderme? ¡Aquí estoy!

El perro me olfatea y moviendo la cola se aleja. Llego a la casita de adobe de mi amiga, y cuando iba a tocar la puerta, escucho discusiones y a niños que lloran. Toco fuertemente llamando:

--- ¡Claudia! ¿Estás bien? ¿Por qué lloran tus hijos? ¡Abre!
--- ¡Vete Mariela, no puedo abrirte!

Sin responder, doy la vuelta por la parte de atrás, de la casa y entro al patio... ahí encuentro a los niños llorando y sin pensarlo, entro a la casa encontrando a Claudia con la cabeza rota, golpeada. La levanto del suelo, la siento y curo sus heridas. Agradecida, Claudia me abraza y me dice:

--- Gracias por venir, me quería matar, está borracho.
--- Y apenas te escuchó, salió por atrás y se fue.
--- Cálmate y piensa en tus hijos, los pobrecitos están muy asustados. Le diré a mi papá que le llame la atención, para que ya no te pegue más. Mira, te traje camarones... prepara una sopa para los niños.

Apenas había terminado de hablar, cuando entra Teodoro amenazante, se me acerca, me enfrento a él, levanto los brazos en el aire y... sin tocarlo, Teodoro cae al suelo profundamente dormido. Claudia pregunta:

---¿Qué poderes tienes, que, sin tocarlo, lo dormiste y a mí, me quitaste el dolor? ya no siento nada, no tengo ni la herida en mi cabeza, ¿Qué hiciste?
---Nada, sólo te curé, eso es todo, nada más, tú lo has visto. Ahora hay que llevarlo a la cama, dormirá hasta mañana. Me voy, hoy es mi cumpleaños y vendrán mis compañeros de la escuela y mi maestra... ¡estoy feliz!

Lo acostamos a Teodoro en su cama, despidiéndome de Claudia, quien, sorprendida por lo sucedido, toca su herida sin encontrar nada; Con un abrazo me despido con cariño, viendo como Claudia, sonríe, abrazando a sus hijos.

En casa, todo está listo para celebrar mis quince años. Comenzaron a llegar mis compañeros de la escuela y mi maestra querida.

Esperanza, mi maestra, me entrega una bolsa grande de papel, indicándome, abrirla delante de todos. Sonriendo, abrazo fuertemente a mi maestra y abro la bolsa... había dentro un hermoso vestido color granate en seda; emocionada, mis lágrimas, rodaron por mis mejillas, de alegría.

Mis amigas, me regalaron un reloj, joyitas. Luego me ayudaron a vestirme; después de media hora, me presento en el patio, con el cabello peinado, en una hermosa trenza francesa, adornado de unas pequeñas flores silvestres blancas; mi maestra, al verme exclama:

--- ¡Que linda estás! ¿Verdad Francisca? ¡Qué hermosa hija tienes!
--- Yo también soy hermosa ¿Verdad maestra?
--- Si Sandrita, tú también.

Con la alegría reflejada en el rostro de todos, no me di cuenta que tenía puestos, unos zapatos viejos, es tanta mi alegría, que nadie lo notó; luego llega papá y Carlos con un paquete bajo el brazo, saludando, papá me abraza dándome un beso en la frente, entregándome el paquete… Carlos dice:

--- ¡Miren, tiene los zapatos viejos!
--- Yo te traje unos taquitos hija, póntelos.

Emocionada, abrí la caja y mostré unos hermosos zapatos, inmediatamente me los puse.

--- Qué grande estoy, ¡Gracias papá! ¡Gracias!

Mis amigos y vecinos llegan a mi fiesta y unos muchachos, con sus guitarras y otros instrumentos musicales, para alegrar la tarde, en casa no tenemos radio, ni energía eléctrica; nos alumbramos con lámparas de querosene, los muchachos empiezan a tocar un vals, mi padre, me toma de la mano, llevándome al centro del patio, empezando a bailar, luego con mamá, uniéndose todos los jóvenes. Mientras, mis vecinos destapan la pachamanca, y lo sirven, también sirven el vino y la chicha, a todos los invitados también, sirven la chicha de jora y lo comparten.

Para los estudiantes, jugo de maracuyá. Brindamos y bailamos, hasta las siete de la noche; después, el capataz de la hacienda, los lleva de regreso a la casa grande, en una camioneta vieja que tiene… Yo, alegre, les digo adiós.

Enseguida, entre a ver mis regalos, me los llevo al pequeño cuarto compartido con mi hermana menor. Me quito el vestido y ayudo a mamá, a poner todo lo ensuciado, en una tina, mientras que Sandra abre los regalos. Entre éstos había una cajita con unos huequitos… Sandra mira por el agujero y soltando la caja grita:

--- ¡Una rata! ¡Una rata!

--- ¿Una rata? déjame ver qué será; ¡Mira, es un par de conejos! qué bonitos y tienen una cinta, ¿Quién me los habrá regalado?

---¡Mira mamá, y son de carne!

---¡Qué pena!, no sirven para mascota. Dámelos Mariela, los voy a encerrar en una jaula.

Mi familia, sentían el cansancio, se retiran a dormir. Al día siguiente, me levanto, y prendo el fogón con leña y preparo el desayuno. Llamo a toda la familia compartiéndolo. Luego sigo abriendo los regalos, compartiéndolos, con mi hermana Sandra.

Carera Técnica - Lima

Ese mismo año, terminé la secundaria y fui a matricularme, para seguir una carrera técnica en Lima. Carlos, mi hermano, ya es un hombre y muy guapo, le gusta el trabajo en el campo, y jugar pelota… además, lo hacía muy bien. Mi hermano Francisco, sigue estudiando. Llegaron las clases para mí, el camino es muy largo, pero, caminare con alegría, para tomar el bus. Me acompañaba con Francisco, todas las mañanas a las cinco. La única que aún seguía en la escuelita de la hacienda, era Sandrita. Yo dejé las polleras y Sandrita me sigue.

Un sábado por la mañana, Carlos nos invita a un campeonato de fútbol y vóley; todos aceptamos con gusto, y sacamos nuestros ahorros, para las raspadillas. Nos fuimos a hacer barra a Carlos.

Al llegar a la cancha de fútbol, nos sentamos en unas bancas; se acerca a nosotros, los amigos de la escuela charlamos y reímos… en la otra esquina se encuentra Carlos, con un amigo que no veía hace mucho tiempo. Carlos lo trae, y nos lo presenta.

El Primer Amor

Carlos lo trae, y nos lo presenta.

--- Mariela, te presento a Franco
--- Hola Franco…
--- Hola, ¡qué bonita eres!
--- ¡Cuidado con mis hermanas Franco!
--- Él es Francisco y Sandra, papá y mamá se quedaron en casa.
--- Dentro de un rato empiezo a jugar; si quieres quédate con mis hermanos, mientras termina el partido… de paso me hacen barra.
--- Ok, ¿Me permites invitarte una raspadilla Mariela?
--- Bueno; yo también les compraré algo de comer a mis hermanos. ¡Vamos!

Fuimos a comprar, y Franco no me quita los ojos de encima, sin ocultar la atracción que siente por mí; compré las raspadillas y pollo frito con papas y choclo… lo compartimos todos, menos Carlos porque se prepara para jugar.

Al ver las miradas que nos damos, Franco y yo, Carlos se lo lleva al otro extremo de la cancha y le dice:

--- ¿Por qué miras tanto a mi hermana?, ¿Te gusta?
--- Sí, demasiado; ¡Me tiene embobado!
--- Pero tú debes tener un montón de novias en la universidad… ¿O me vas a decir que no tienes novia?, ¡No quiero que mi hermana sufra por una desilusión!; ella es muy extraña y muy buena con todos, ¡No quiero que sufra! ¿Entiendes?
--- No quiero hacer daño a nadie, menos a tu hermana, pero ¿Puedo visitarlos? de verdad ¡No tengo novia!, tenía hace un año atrás y resultó jugadora; ahora estoy solo, no temas.
--- Está bien, le diré a mi padre que vendrás a visitarnos y ¡cuidado con lo que haces…! Bueno, ya me están llamando, le toca a mi equipo; hagan barra.
--- Juega bien y a ¡Ganar!

Franco se acerca al grupo y empezamos a hacer barra, gritando a todo pulmón. Ese día fue de ilusión para mí, mi corazón latió a mil por hora olvidándome de todo; me había enamorado y Franco también. El sábado siguiente, muy temprano, Franco se presenta en casa, llevando panes para el desayuno.

Papá, al verlo le dice:

--- Hola Franco ¡Cómo has crecido! ¿Cómo están tus padres? ¿Terminaste la universidad? ¿Estás casado? ¿O sigues soltero?
--- Estoy soltero don Tomas, y mis padres están bien; siguen en la chacra, yo vivo en Lima con mi hermana y este año termino la universidad.
--- Me alegra muchacho. Y ¿Esto qué es?
---Traje pan para compartir y unos tamales de la vecina Claudia; la vi con su esposo, con una canasta de tamales y los compré para el desayuno.

Papá lo invita a pasar a la casa:

--- Pasa muchacho!, ya íbamos a empezar, siéntate. Mariela, sírvele leche.
--- Gracias don Tomás.
--- No creí que vinieras tan pronto Franco.
--- Quería saludar a tus padres Mariela… hace mucho tiempo que no nos vemos; son diez años todos han crecido, todo está cambiado, Mariela.

Mi familia se siente a gusto, con Franco. Dos horas, nos demoramos, en terminar el desayuno. Después, mi padre, se lo lleva a ver sus gallos de pelea y los animales que tiene en el corral. Carlos se acerca a mí y me pregunta:

--- ¿Te gusta Franco?
--- Me agrada, ¿Qué hay de malo? me parece un buen muchacho, eso es todo.

Se oye la voz de mi madre, llamándome:

--- ¡Mariela, hija, ven ayúdame a agarrar los pollos, nuestro visitante, se quedará a almorzar; luego recoges uvas para el postre!
--- Si mamá, con gusto.

Me acerco a mi madre, preguntándole:

--- ¿Qué te parece Franco mamá?
--- Hace diez años que no lo vemos; se fue con su hermana, cuando tenía dieciséis años, pero era un chico tímido, nada que ver con este muchacho que es ahora.
--- ¡Es muy guapo! parece interesado en ti.
--- A mí me agrada desde el momento que lo conocí… bueno, vamos a matar los pollos mamá.

Mientras matábamos los pollos y preparamos, el almuerzo, mi padre, lleva a Franco a una pelea de gallos, llevando el suyo y apostando al ganador. Entusiasmado, Franco apuesta al gallo de papá, quien después de una gran lucha, gana. Con visible alegría en el rostro y en los bolsillos.

Regresaron a casa y el almuerzo, estaba listo.
— ¡Vaya! ¿Qué emocionados están? y pobre gallo, está herido… pobre animal, ¿No te da pena verlo así?
— Ya lo curé y está bien y ganó. Lo aposté y ganó. Toma, la plata es para ti, tú le das buen uso, cuando yo estoy trabajando; ¡toma mi vida!
— Está bien dame… le compraré maíz. Ahora vamos, se enfría el almuerzo.

Nos sentamos alrededor de la mesa, disfrutando del almuerzo, preparado por mi madre y yo. Franco pide permiso para visitarme, y salir con él, pero mi padre, le dice que me visite en casa, y que, si me lleva a pasear, vaya con Sandra. Franco acepta y yo, también.

Como Alcanzar La Paz

Una tarde, al salir de la escuela, se me hace tarde, porque una amiga me invita a su casa, entre charla y charla, llega las seis, me despido y camino al paradero del bus, después de una hora, llego al paradero, bajo en la Hacienda Márquez, miro a todos lados,
no hay nadie, solo yo. Respiro profundamente, y empiezo a caminar, subo un trecho para llegar a las chacras, llego y camino más rápido, cuando siento la presencia de una energía, sin darle importancia seguí caminando hasta internarme en los viñedos, cuando siento un viento muy frio, acompañarme, por un momento me turbe, luego escucho voces llamándome.

Miro a todos lados, sin ver nada. Comienzo a cantar una canción, sin dejar de caminar y mirar a todos lados. Al llegar al final de los viñedos, me encuentro con el camino de sauces, porque esta rodeado de éstos árboles; al entrar por él, parecía que éstos me quisieran atrapar y nuevamente escucho las voces, mucho más cerca, volteé a mirar y vi a unas personas acercándose a mí; son dos mujeres y tres hombres preguntándome:

--- ¿Por qué huyes? ¡Quédate con nosotros!, tú eres la única que nos puede ver… estamos atrapados en estos lugares hace ya muchos años y no podemos salir; ¡Ayúdanos Mariela!

Armándome de valor los enfrento:

--- ¿De qué manera pretenden que los ayude? Ustedes vivieron en la época de los incas y yo soy de este tiempo, no sé qué pueda hacer por ustedes.
--- Hace muchos años, vivíamos aquí con nuestras familias; todo esto nos pertenece, pero vinieron muchos hombres, nos despojaron de todo y nos mataron… estamos enterrados por todo este lugar. Te vimos a ti y supimos que no eres como los demás. Sólo dinos cómo alcanzar la paz.
---No lo sé, pero lo voy a investigar, ahora por favor, déjenme ir y no me llamen de esa manera; me asustan. Yo vendré apenas hable con mi abuela, adiós.

Corrí todo el camino de sauces. Cuando estaba llegando a una curva, unas luces, me empiezan a seguir desde lo alto del cielo. Por un momento, me detuve y di un grito, luego caminé a una pared de barro y paja, ahí me escondo, mirando al cielo, para ver si las luces, se habían ido, pero ahí estaban formando un círculo; apreté la bolsa que llevaba y llamé a mi abuela con el pensamiento:

--- Abuela Carlota ayúdame, no puedo más.

Apenas lo pensé, aparece mi abuela junto a mí y me dice:

--- No temas, no te harán daño, sólo están vigilando y, ya se fueron. Ven, te acompañaré a tu casa.

Respire profundo, preguntando a mi abuela:

---Abuela, ¿Qué haces para aparecerte así de repente?, sólo lo pensé y aquí estás.
---Otro día te explicaré... tus padres están preocupados; te falta mucho por aprender ten paciencia.
---Está bien abuela, tengo muchas preguntas que hacerte ¡Espera!, ¿Qué hago para que esa gente que vi, tengan paz? Dicen que los despojaron de sus tierras y los mataron y en todo este lugar, están enterrados.
---Ellos no podrán estar en paz, sino hasta que entreguen un tesoro que tienen escondido debajo de un barco, en un arenal, junto al mar. La gente que los asesinó, ya pagaron; ya no están más.
---Bueno, les diré que se deshagan de ese tesoro y encontrarán paz.

Despidiéndome de mi abuela, le agradezco.

--- Gracias abuela, te quiero mucho.
--- Yo también te quiero mucho... hasta pronto.

Llego a mi casa y en la puerta estaban listos para salir a buscarme.

Mi padre, enojado me dice:
--- ¿Dónde estuviste?, ¡sabes que es peligroso el camino de regreso!
--- Perdón papá, una amiga me invitó a su casa, conocí a su familia y se me hizo tarde. No volverá a suceder, lo prometo.
--- Espero que cumplas; no quiero que te pase nada. Ya me voy a trabajar, hoy me toca hacer guardia, cierren bien las puertas, hasta mañana.

Me acerco a él, abrazándolo le doy un beso despidiéndole; luego me abrazo a mi madre arrepentida por lo sucedido. Cerramos las puertas... acostamos a Sandra y nos sentamos a charlar. Le cuento lo sucedido y el encuentro con mi abuela y las muchas preguntas que tengo, sin respuestas. Después de una larga platica. Me retiro al cuarto, quedándome un rato, mirando por la ventana, contemplando las estrellas, preguntándome, muchas preguntas.

Me sentía extraña, volví la cabeza por un momento y fijé la mirada en el rostro de mi hermana. Una tristeza se apodera de mí... La veía indefensa, con un profundo suspiro, nuevamente mire al cielo lleno de estrellas me quedo un buen rato mirándolas, mientras me pregunto:

---¿Por qué no me siento parte de toda la gente que me rodea?, ¿por qué siento que pertenezco a otro lugar?, ¿por qué soy diferente a todos? tengo una buena mamá y papá, mis hermanos me quieren mucho, pero no soy feliz.

Sueños
El Anillo -- El Pájaro de Alas Rotas

Inclinando mi cabeza, seco mis lágrimas, acostándome, en la pequeña cama, entrando en un profundo sueño, donde veo a Franco tomándome las manos, feliz en la playa; luego cambia el sueño y veo a otro hombre, que me desposa. Mi sueño cambia y me veo, volando con una túnica blanca y en uno de mis dedos tengo un anillo y éste se cae al fango, perdiéndose en el lodo; lo busco con la mirada, sin tocar el lodo, pero no lo encuentro, en el intento, escucho el llanto de un niño, que me llama.

Despierto llorosa, secando mis lágrimas y el sudor que perla mi frente. Y nuevamente quedo profundamente dormida. Esta vez, me vi, convertida en un pájaro, queriendo volar sin poder hacerlo, porque tenía las alas rotas, ensangrentadas, sentía mucho dolor. Empecé a llamar con mi canto, pero nadie se detiene a escucharme, menos a curar mis heridas. Y ahí quedo... encogiendo mis alas, cantando amargamente, despierto llorosa; suplicando a mi Creador, pueda dormir, después de unos minutos, el sueño me invadió.

Pescado Aplastadito

Al día siguiente, sábado me levanto muy temprano, para acompañar a mi madre a comprar pescado. Después de comprar, unos pescadores nos ofrecen 'pescado aplastadito' como decían ellos y recién sacaditos de la mar.

La gente se acerca y para todos hay; yo me acerco y pregunto:

--- ¿Están vendiendo?
--- Los estamos regalando, aprovecha muchacha.
--- Bueno señor, regáleme más, porque donde yo vivo, hay gente que no tiene para comer.
--- Bien muchacha, tienes buen corazón, toma... llévales a esa gente que no tiene para comer; ¡ah! Si todos fueran como tú.
--- Gracias señor, adiós.

Arrastrando la canasta con el pescado, me acerco a mi madre.

--- ¡Son más de veinte kilos!
--- ¿Cómo vamos a llevar todo eso, tan lejos?
--- No te preocupes mamá, tú sabes que yo soy una joven muy fuerte.
--- Bueno, yo también soy fuerte, ¡vamos!

Nos alejamos felices, porque muchas familias, comerán rico, hoy.

Por un buen tiempo, estuvimos paradas al borde del camino polvoriento, hasta que una camioneta nos recogió, dejándonos en la entrada de la Hacienda Márquez, junto al Río Chillón; bajamos las canastas y las cargamos hasta un establo cercano. Don Pepe, se encuentra dándole de comer a los animales, sonriendo, le pedimos, nos prestara una mula, para llevar el pescado, don Pepe muy atento nos trae la mula y nos ayuda a subir las canastas a la alforja que lleva la mula. Agradeciendo a don Pepe, nos alejamos por el camino, rumbo a nuestra casita. Por el camino, fuimos charlando con mi madre, hasta llegar a una curva, detengo a Panchito, para baja la canasta, levante cinco pescados y los llevo a unos vecinos, que vive en una casita de adobe.

Los que vivimos en la hacienda, tenemos para comer, pero, para otras necesidades, no alcanza el dinero.

Los primeros que salieron, fueron los perros y tras ellos, tres niños, con la carita sucia, sujetándose los pantalones con una mano, a la vez que decían:
--- Mariela, mi mamá no está, se fue a traer comida. ¡Trajiste pescado… qué rico!
--- Ya niños, guárdenlos para que los perros no se los coman. ¿A qué hora viene su mamá?
--- Mira, allá viene… y trae pan; ¡mami, mami!, mira lo que trajo Mariela.
--- Gracias, ¿cuánto te debo Mariela?
--- Nada amiga, me lo regalaron en el muelle, traje un poco; ya me voy, tengo que llevarles a otras familias, chau.
--- Gracias Mariela, eres un ángel.

Declaración de Franco

Sonriendo acompaño a mi madre a casa y voy a repartir el pescado que queda. Por la tarde llega Franco a visitarnos y le pido el favor, que lleve el burro en su camioneta, para devolverlo. Él accede gustoso, todo por conversar con migo. Dejamos el burro en la Hacienda Márquez, luego, nos fuimos a una hacienda cercana, llamada Oquendo, me invita a comer. Durante la comida me expresa sus sentimientos.

Miro fijamente a Franco y le digo:

--- Tú me agradas como amigo, yo no quiero tener Novio todavía; quizás algún día lo tendré, pero ahora no, además tú debes tener muchas novias en la universidad; vámonos, no quiero llegar tarde a casa.
La vez pasada, mi papá me resondró y no quiero que se enoje; otro día nos vemos más temprano.

--- Está bien... y no tengo novias como dices; estoy solo, vamos.

--- No te enojes por lo que te dije.

Los Espíritus

En silencio subimos a la camioneta e iniciamos el regreso a mi casa. Sin poder evitarlo, nuestras miradas se encuentran. Una atracción nos une. Mientras sonreíamos, suspirando, entrabamos al camino de los viñedos. Oscurecía, al llegar a la curva, una extraña sombra cubre la camioneta y ésta se detiene súbitamente.

Me tapo los oídos con mis manos, aun así, las voces, traspasan mis sentidos, esas voces, también las escuchaba Franco.

--- Mariela, no te tapes los oídos, ¡escucha!

--- Estoy escuchando Franco, son ellos, no quiero hablar con ellos, pero tengo que hacerlo, si no, no nos dejarán salir de aquí.

--- ¿Qué estás diciendo?

--- Bajaré un momento, tengo algo que decirles... me buscan a mí, ya regreso.

--- ¡Espérate! estás loca, no salgas, te harán daño.

--- No lo harán, estaré bien.

Bajo de la camioneta y me acerco a ellos unos metros... ahí estaban, suplicándome ayuda. Les digo, lo que mi abuela me indicara, ellos me responden:

---Ve a la orilla de la playa, encontrarás un barco y lo demás está enterrado en la arena a trecientos metros del barco.
Agradeciendo desaparecieron.

Franco no podía creer lo que veía y escuchaba. Frotándose los ojos movía la cabeza.

Subo en la camioneta un poco nerviosa y le digo a Franco:

--- Por favor, no cuentes a nadie esta experiencia, porque nadie te lo va a creer.
--- ¿Desde cuándo ves y conversas con espíritus?
--- Desde niña… y no sólo eso, también veo lo que va a suceder, en mis sueños.

Al principio me afectó mucho, aún me afecta, pero mi abuela me dijo que aprendiera a controlarme yo misma. A veces no puedo, pero trato.

--- Eres una chica especial. Yo nunca había visto espíritus, pero hoy los vi y oí… ¡es increíble! pero a la vez asusta mucho. Cuando vi que se acercaban a ti, que te tocaban y suplicaban tu ayuda… ¡que increíble!
--- Por favor, prométeme que no le dirás a nadie lo que pasó hoy.
--- Está bien, te lo prometo, nadie lo sabrá. Ahora vámonos, no quiero que tu padre se enoje conmigo y otro día no te deje salir.
--- Ahora tengo que cumplir con la segunda parte, sin que mi padre se entere.
--- ¿Qué te pidieron que hicieras?
--- No puedo decírtelo por ahora. Algún día te lo diré. No estoy bien, me siento mareada, debo descansar.

El resto del camino lo hicimos en silencio. La noche había caído y un manto de estrellas nos acompañaba, al llegar, me despido de Franco, bajando de la camioneta, me acerco a mi madre, dándole un beso, retirándome a mi cuarto; estaba muy cansada, los ojos se me cerraban, me acosté sobre la cama y de inmediato fui invadida por un profundo sueño. En él, me encontraba a orilla de la playa, donde iba a pescar con mi padre.

Las Rocas, la Cueva y el Barco

Me vi contemplando las rocas y la cueva donde fue rescatado mi hermano; luego escuché unas voces, me volví y vi a un grupo de piratas que descargaban unos baúles y los enterraban en la arena.

Uno de ellos se le acercó y dijo:

--- Tú vienes con nosotros, deberías estar con las otras mujeres, ¡sube al barco y no vuelvas a bajar!
--- No subiré al barco… yo no pertenezco a ese barco, yo no soy una de ustedes.
--- ¡No!… pues entonces morirás con otras que hay en el barco y te quedarás de guardiana de nuestros tesoros hasta que volvamos, ¡camina!
--- Espera, esta mujer no es nuestra, trae a las otras, todos morirán.
--- Un momento; yo no tengo nada que ver con ustedes, ¡déjenme ir, déjenme ir!

Aterrorizada, vi, cómo matan a tres hombres y cuatro bellas mujeres. Luego, se dirigen a mí, y despierto súbitamente, sudorosa, agitada.

Mi cuarto estaba muy oscuro, prendí el pequeño lamparín de querosene y me puse el pijama, nuevamente me acosté, sobre la cama y sin darle mucha importancia me quedo dormida.

Por la mañana, mi madre nos despierta y un poco enojada me dice:

--- ¿Por qué dejaste la lámpara prendida Mariela?
--- Perdón mamá, olvidé apagarla, estaba tan cansada, perdón.
--- Está bien, vamos a desayunar, ya es tarde.

Sandra no quería levantarse y le dice a mamá:

--- ¡Pero ma!... hoy es sábado; hoy no tengo clases.
--- Sandra, no le hables así a mamá.
--- ¡Apúrense! Dejen de pelear, en la tarde estamos invitados al cumpleaños de Don Mario, el capataz de la hacienda.
--- Si... ¿y qué le vamos a llevar mamá?
--- Veremos que llevar Mariela.
--- Ya sé, le diremos a papá que le regale uno de sus gallos de pelea.
--- ¡Su gallo de pelea!, no creo que le regale eso.
--- Mamá, hay que regalarle un pote de vino.
--- Creo que sí, Mariela; mejor le regalamos vino, porque dudo mucho que tu padre, quiera regalarle su gallo de pelea.
--- Bueno, mamá, tomaré mi desayuno y iré a lavar ropa al río. Sandra, que te ayude a cocinar mamá y que me lleve el almuerzo.
--- Está bien Mariela, yo te llevo el almuerzo, de paso me baño, ja ja ja.

Después de la conversación que tuvimos, mamá, Sandra y yo, fuimos a preparar el desayuno en el fogón. Estábamos tan entretenidas, que olvidé mi sueño.

Cumpleaños de Don Mario

Luego del desayuno, llené un costal con ropa, agarré la tina y silbando, caminé al río. Al llegar, lo primero que hice, meterme al agua, está cristalina y los pequeños peces me mordisquean los pies. Poco a poco desnudo mi cuerpo y suelto mi hermosa cabellera negra. Me siento en una piedra y lavo mi hermoso cuerpo; después me visto, empiezo a lava la ropa, lo tiendo en los arbustos, para que seque.

Mientras espero, unos pajaritos se posan en mis rodillas mirándome, sonriendo, les digo:

--- Hoy no traje maíz, pero pan si, aquí está ¡coman!

Apenas saqué el pan, muchas aves volaron hacia mí, para disfrutar lo que, sonriente, les tiraba. Después de dos horas, llega Sandra, con mi almuerzo, empecé a comer, mientras Sandra me pregunta.

--- Mariela ¿eres novia de Franco?
--- ¿Qué dices? ¡No!, sólo somos amigos, nada más.

A propósito, Franco vendrá hoy:

--- Hay que llevarlo a la fiesta, para que bailes con él.
--- Ojalá él quiera Sandra. ¡Qué rico pollo frito!, ¿quedó más en la casa?
--- ¡Sí!, tú sabes que papá come doble, pero yo escondí una pechuga frita, para compartir las dos.
--- Si es que Carlos no descubre tu escondite, Sandra. Aunque no creo, Carlos no está, se fue a jugar pelota y come en casa de sus amigos… ¡tu pechuga está a salvo!, jajajajaja.

Después de comer el rico pollo y cazar camarones, regresamos a casa, nos alistamos, para ir al cumpleaños de Don Mario, excepto Carlos, pues se ofreció quedarse a cuidar la casa. Ya en la fiesta nos esperaba Franco. Sonrió al vernos, por un momento, deja a sus amigos, acercándose a nosotras…nos saluda.

Yo, llevaba la damajuana de vino, sonriente le devuelvo el saludo, lo mismo hacen mamá y mi hermana. Luego, nos acercamos a Don Mario; saludándolo, le entregamos el vino, muy contento lo recibe. Luego, saludamos a todos, uno por uno. Después, dejo a mamá y mi hermana, acercándome a la cocina, para ayudar con la comida, pero ahí, ya estaban completos y Salí con una jarra de refresco.

Alegre, como soy, me puse a bailar, con mis amigas. Luego con los muchachos; todos querían bailar con migo. Después de un buen rato, Franco me invita a bailar, sin perder la oportunidad, me manifiesta nuevamente sus sentimientos, a mí me gusta mucho, pero, no para que sea novio mío. Con suavidad, le dije que no se ilusionara.

La Huaca - El Carruaje Negro

Dejamos de bailar y fui a ayudar a servir, la comida. Mi padre, mi hermana y mamá, se divertían bailando, con los vecinos y amigos. La fiesta se puso mucho mejor, después que el cumpleañero y los adultos, se encontraban bajo el efecto del vino. Sobre las dos de la madrugada, pido a Franco, que nos regrese a casa, él, accedió gustoso, nos despedimos y subimos a la camioneta.

Por el camino, teníamos que pasar por la huaca, me puse un poco nerviosa, ya estábamos cerca, cuando de pronto, delante de la camioneta se apareció un carruaje negro, jalado por cuatro caballos del mismo color. Franco disminuyó la velocidad... no podía creer lo que estaba ante sus ojos y dijo:

--- ¿Ven lo que yo veo?
--- Si, lo vemos, ¡síguelo para ver a dónde va!

Al llegar al medio de la huaca, donde se encuentra el árbol de guayaba, el carruaje desapareció. Franco siguió de largo, no se detuvo para ver más.

Salíamos al otro extremo de la huaca, cuando vimos, a una mujer vestida con ropas incaicas, jalando una llama. Estaba subiendo la huaca con una lanza en la mano; volteó a vernos y siguió su camino hasta desaparecer.

Miro a Franco, a mamá y a Sandra, preguntándoles:

---¿Vieron a la mujer inca?
--- Si, la vimos, contestan todos a la vez.

Franco, apresuró la velocidad llegando rápidamente a casa. En la puerta se encontraba Carlos, sentado en una banca, acercándose a la camioneta, nos pregunta.

--- ¿Tan temprano regresaron?, o los viejos se pusieron a chupar.
--- En parte sí, pero yo me siento cansada y mamá también, eso es todo.

--- ¡Todo!, ¿Por qué están entonces, tan nerviosos?
--- ¡Caray hijo!, todo quieres saber, vamos a dormir.
--- Señora, ¿puedo quedarme a dormir?
--- Quédate con Carlos.
--- Gracias, mañana temprano me voy… no me atrevo a cruzar la huaca otra vez.
--- ¿Por qué?, ¿Qué te pasa Franco?, tú nunca tuviste miedo a nada.
--- Ahora si Carlos. Después te cuento lo que pasó. Vamos a dormir, mi viejo viene más tarde, vamos.

Unas horas después, Carlos y Franco, se levantan y se van a comprar tamales. Mi madre y yo, preparamos el desayuno. Luego entro al corral a sacar huevos; al poco rato, siento el motor de la camioneta de Franco, que se detiene en la puerta de entrada, de la casa. Carlos entra con una canasta de tamales y lo sigue Franco con una bolsa de pan. Devolví los huevos al corral, comeríamos tamales. Servimos la avena, nos sentamos a la mesa, cuando, entra mi padre mareado, con una canasta de chicharrones calientes y yucas.

--- ¡Papá!, ¿cómo llegaste?, ¿y tu caballo?
--- Lo dejé en casa de Mario, me trajo en su camioneta su hijo; esto les manda la esposa de Mario, yo me voy a dormir un rato; ya comí y estoy lleno… hasta más tarde.
--- Descansa papá, te guardaré tamales.

Serví los chicharrones y los tamales, y el infaltable rocoto, molido por mi madre en su batán. Terminado el desayuno, lleno en una canastita, un poco de tamales y chicharrón, para llevarle a Rosita. Me despido de Franco y salgo a casa de mi amiga. Al llegar, toco la puerta y Rosita abre:

--- Hola Rosita, te traje tamalitos y chicharrón; mi papá trajo bastante y Franco trajo también tamales. Aún queda en casa, así que dale a tus hijitos.
--- ¡Gracias! ahorita les doy. Pasa Mariela, ¿fuiste a la fiesta de Don Mario?
--- Si, estuvo bonita, me divertí… tengo que irme, voy a ayudar a mi madre.

--- Espera, toma esta miel, es pura, te hará bien para tu cerebro.
--- Pero Rosita, dale a tus niños, ellos lo necesitan más que yo.
--- Tengo más, llegó a visitarme mi cuñada la semana pasada de Huánuco y me trajo diez potes, mira, no te miento, también tengo pan de maíz, toma para ti.
--- Gracias Rosita... ya me voy, ¡chau!

Me retiro de casa de Rosita. Me siento muy contenta, de ver que tienen para comer. Soy feliz al ver la sonrisa de los demás. Después de unos días, mi madre abordó, el tema de lo sucedido, la noche en que regresábamos del cumpleaños de Don Mario y se lo comenta a mi padre, quien frunciendo el ceño dijo:

--- ¡Qué cosa! ¿Tú también estás viendo cosas que no existen?
--- Lo vimos todos; Franco, Mariela, Sandra, Francisco y yo, no estábamos borrachos, ¿Qué habrá escondido por esos lugares?
--- Mejor ni hablar de eso. Lo que es de la tierra, es de la tierra; si no, ésta se cobrará.

Saliendo del corral dónde se encontraban, mi padre montó su caballo y se alejó rumbo a las chacras. Mientras tanto, la curiosidad despierta en mi madre. Quería ir a investigar, pero a la vez tenía miedo de encontrarse con algo desconocido para ella.
El cacareo de una gallina la sacó de sus pensamientos, volteó y vio una pequeña culebra en el nido, enroscando a un huevo de la gallina; tomó un palo y la sacó, dejándola desmayada, trajo una botella con aguardiente y la metió dentro; luego llamó a mi hermano Francisco y le dijo que revisara el corral para ver si no habían más culebras. Francisco buscó por todos lados y le dice a mi madre:

--- No hay ninguna mamá, voy a quemar eucalipto por las dudas; después me voy a jugar.
--- Está bien, ten cuidado, no vayas a quemar el corral.
--- Te olvidas que soy grande mamá.
--- Te olvidas que soy tu madre y que las mamás somos cargosas.
---Cuándo no, la viejita, jajajaja.

Empleo de Mariela --Lima

Otro fin de semana y pronto la rutina del trabajo y estudios nos envolvió. Yo visitaba a muchas amigas en lima, me gustar la ciudad. Una de ellas, mi profesora, al ver la distancia que recorría para los estudios, me pregunta:

--- Dime Mariela ¿te gustaría trabajar en una casa y estudiar?
--- Trabajar en una casa, ¿de qué profesora?
--- De empleada; lavar, limpiar y por la tarde estudiar, así ganarías tu plata y no tendrías que caminar tanto, por esos lugares terribles… si tú quieres.
--- Señorita, ¿A dónde queda la casa y quien me va a llevar?
--- Yo te llevaré. Terminando la clase iremos; es cerca de aquí.
--- Está bien, maestra.

Contenta sonrió a mi maestra. Después de la clase, Marlene, mi maestra, me lleva en su auto a la finca de su amiga, que tiene en Barranco; al llegar, observo admirada, desde la entrada de la casa, baje del auto y corrí, por todo el jardín, hasta que unos perros me cierran el paso.

Es una casa muy grande, tiene piscina y otra casa pequeña, rodeada de muchos árboles y flores. En la puerta, aparece un hombre alto, de tez negra, bien vestido las invita a pasar. Luego sale una mujer rubia, hermosa, al verla, exclamé:

--- ¡Oh, qué bonita! parece una muñeca.
---Jajajaja… ¡Pero qué dices muchacha!
--- ¡Es verdad! nunca había visto a nadie como usted.
--- ¿Quién es esta chica tan agradable Marlene?
--- Es una de mis alumnas y es la que desea trabajar, por eso, vino conmigo, para que la conozcas; ella vive en una hacienda y tengo buenas referencias de ella, tú dirás.
--- ¿Cómo te llamas?
--- Mariela, ¿y usted?
--- Elena. ¿Sabes cocinar, lavar, planchar, hacer limpieza?
--- Si, sé; pero yo cocino con leña y mi casa no es como ésta; es piso de tierra, pero puedo aprender si me enseñan.

--- Está bien, te quedas. Eres una chica sincera, sólo harás la limpieza. Te vienes el lunes.
--- ¡Gracias señora, muchas gracias!
--- Ven un momento Juan, lleva a Mariela y dale de comer… Y me trae dos tazas de café y algo para comer; estaremos en el salón.
--- ¿Qué pasa, no te gustó Mariela?
--- No es eso, parece una buena niña, me inspira confianza.
--- Lo que te quiero decir, es que…

Entablaron una larga charla, hasta que fueron interrumpidas por el mayordomo, quien toca la puerta:

--- Señora, la señorita Mariela se quiere retirar.
--- Es verdad, Mariela tiene que caminar una buena distancia, y de noche, es peligroso y ya es tarde; de todos modos la llevaré.
---No te preocupes Marlene, Juan la llevará en mi camioneta rural; está hecha para esos caminos, no te preocupes, así conocerá dónde vive.
--- Está bien, gracias Elena.
--- Juan, saca la camioneta y lleva a Mariela a su casa y fíjate bien por dónde vive.
--- Si señora.
--- Gracias señora… el lunes estaré aquí.
--- El lunes irá Juan a recogerte, lo esperas; ahora vayan, que ya es tarde, cuídate.
--- Adiós señora, gracias por todo.

Juan me lleva a mi casa, y de regreso tuvo temor al pasar por aquellos caminos, hasta llegar a la carretera. En casa, todos estaban contentos, por el trabajo que conseguí.

Esa noche tuve un sueño, me vi caminando por una calle; vi que un hombre me pretendía y me vi casada con él. También vi, que éste hombre, me golpeaba, luego vi, el rostro de un niño y sentí el amor con que me miraba.

Me vi, muy cambiada, trabajando en una oficina, convertida en una mujer muy elegante. Mi sueño cambio y me vi, frente al mar completamente desnuda, caminando en el agua, sintiendo el sabor salado en mis labios despertando de súbito.

Agitada y temblorosa me siento en la cama; encontrándome con la mirada de mi gato, que ronroneando se me acerca abrazándolo, me quedo profundamente dormida.

Titulo

Por la mañana, al levantarme, voy en busca de mi madre, muy alegre, como soy yo, después de ayudar a mi mamá, voy a despertar a mi hermana Sandra, abrazándola le digo:

--- ¿Sabes? te voy a comprar ropa con mi primer sueldo, también tu mandil, pues ya está viejo; el pobre ha pasado de mano en mano. Luego le compraré una cocina a mamá; he visto en la casa de la señora donde voy a trabajar, una cocina grande, una heladera y muchas cosas bonitas y su casa es muy, pero muy grande y la señora es buena… tiene muchas personas trabajando para ella.
--- ¿Tiene hijos y esposo?
--- No sé; después me enteraré. ¡Estoy muy contenta!, aquí hemos pasado hambre y frío cuando papá no tenía trabajo ¿recuerdas?, hasta que entró a trabajar en la hacienda, desde entonces comida no, nos falta; pero, para comprar ropa y otras cosas, no alcanza.
Sé que todo irá bien; vamos a tomar el desayuno, mamá nos espera. ¡Apúrate! Jajajaja… le quito la frazada y jugamos un ratito, tirándonos, las almohadas, hechas de retazos de ropa vieja.

Estábamos distraídas, cuando escuchamos la voz de mamá, llamándonos; acudimos rápido, papá está sentado a un lado de la mesa, preocupado, escuchando nuestra risa. Al verlo así, con las manos en la cabeza, mamá le pregunta:

--- ¿Qué te pasa?, tienes tristeza por Marielita, ¿verdad?
--- Sí, ¿Cómo será vivir con otras personas?, ¿cómo la tratarán?, me preocupa ella, es muy inocente y con esas cosas raras que le pasan ¿la podrán entender?
--- Sólo Dios sabe, dice Francisca, pero ya no te preocupes, Mariela se sabe cuidar, además, se ve que la señora es una buena persona, de otro modo, no le hubiera ordenado a su chofer que la trajera hasta acá.
---Tienes razón, si no se acostumbra, que se regrese. Dame mi desayuno mujer, tengo hambre.

Mientras hablaban, me acerco con el desayuno, depositando las tazas en la mesa. Aquí esta papá y no te preocupes, estaré bien, y gracias por quererme mucho, yo también te quiero… a los dos para que no se peleen jajajajaja. Se sentaron y disfrutaron tratando de ocultar la tristeza que sentían por mi partida.

La Casa de la Señora Elena
El lunes muy temprano, Juan el mayordomo de la señora Elena llega a casa, me despido de mi familia y subo a la camioneta. La camioneta arranca, alejándose por el camino polvoriento. Sonriendo, apenada, pero a la vez feliz, ¡por fin trabajaría para ayudar a mis hermanos y a mi madre!, me sentía tan bien, que otra vez olvidé, mis sueños de advertencia.

Al llegar a mi nuevo hogar, me llevaron a la parte trasera, de la casa, es tan grande, que hasta cocina tiene, con todo lo necesario, por si alguno quisiera prepararse algo, por la noche. Me llevaron una habitación, quedé admirada, era grande y con baño propio, abrí uno de los armarios y había ropa para mi… seguí buscando y encontré cinco uniformes, muy bonitos, jabón, talco, perfumes, colonias, todo lo que jamás pensé tener; luego me acerco a la cama y al sentarme, sentí, que no estaba sola, sentí la presencia de alguien, que me observaba, pero no le di importancia. Luego caminé a la ventana y la abrí, ante mis ojos se veía un hermoso jardín, lleno de flores, de todos los colores. Por un momento, quede admirándolas.

Iba a salir de la habitación, cuando la puerta se abrió y entró Benita con Gladis, la cocinera de la casa, quienes me saludaron y me recibieron con alegría:

--- ¡Hola Mariela yo soy Benita y ella es Gladis!, trabajamos aquí, cámbiate tienes que ponerte el uniforme, pero antes, báñate tienes olor a humo.
--- En mi casa cocinamos con leña, no tenemos cocina como aquí, pero cuando me paguen le compraré una cocina a mi mamá… ¿todo esto es para mí?, o es de otra persona.
--- No es de otra persona, todo es tuyo y lo usas, porque a la señora le gusta que estemos presentables, si tú quieres te puedes hacer trenzas, porque tienes tu cabello muy largo Mariela.
--- Sí me haré trenzas, para que no se me suelte, gracias por ayudarme Benita, gracias Gladis.
--- Bueno apúrate a tomar tu desayuno y luego, cuando se levante la señora, le llevarás su desayuno; te apuras.

Me sentía extraña en esa casa, pero soy muy rápida para todo y rápida para aprender, me di un baño, y me cambie, luego salí a conocer al resto de empleados, quienes se encariñaron conmigo después. Me dicen que soy inocente, sin malicia, pura, acomedida en todo, me acomodé a los horarios de la escuela.

La señora Elena investiga a mi familia y mi entorno, enterándose que no era normal, como cualquier persona, yo tengo dones de videncia, lo comenta con su esposo, quedando un poco sorprendidos, ni yo misma se porque tengo esos dones.

Pronto me acostumbre, y al terminar mis tareas de la casa, me gustaba caminar por el jardín con un libro en la mano; luego me sentaba y leía mucho, también me daba tiempo, para jugar con Benita y Gladis. Pronto llega el fin de ese mes. Apenas cobré, pague mis estudios y compre mandil nuevo, para mi hermana y un par de aretes para mamá, pantalones para papá, para Carlos y Francisco.

Vuelta a la Hacienda - Los Regalos

Fui a visitarlos un sábado por la tarde. Al llegar a la entrada de la hacienda Marques, alquilé un caballo, me monte en él, cabalgando hasta mi casa.

Al ver acercarse, el caballo, Francisco, corrió a avisar a mi madre, quien salió gritando mi nombre.

--- ¡Mariela hija!, llegaste… cómo te he extrañado.
--- ¡Mamá yo también!

Baje del caballo y corrí hacia ella, abrazándola fuertemente.

Después de abrazar y besar a mi madre y mi hermano, baje lo que había comprado, ayudada, por ellos. Pedí por favor a Francisco, amarrara el caballo, para después devolverlo. Volviéndome a mi madre, le hice muchas preguntas

--- ¿Cómo está papá, Sandra, Carlos? ¿Cómo están nuestros vecinos?
---Todos están bien Mariela, solo, te extrañamos mucho. ¿Sigues viendo espíritus?
--- Estoy muy bien, en casa de la señora Elena, me tratan muy bien, se encariñaron conmigo, y yo con ellos; tengo un hermoso cuarto para mi sola, pero extraño las charlas con mi hermana.
--- No veo espíritus mamá, no hay tiempo para eso, no quiero hablar de eso. ¿Cómo está mi gente, mis vecinos y amigos?
--- Te repito, todos están bien, pero Claudia no. Claudia fue golpeada nuevamente por su marido, pero nosotros la defendimos. Ya le advertimos para que no vuelva a tocarla.
--- Está muy bien que le hayan llamado la atención mamá.
--- No solo le llamamos la atención… le pegamos. No volverá a golpearla otra vez.
--- Ojalá mamá. Ahora vengan a ver lo que les traje.

Contenta entregue los regalos a mi familia. Esa noche después de una larga charla, me acuesto cansada al lado de mi hermana; entrando en un profundo sueño donde me vi vestida de novia y al lado de aquel hermoso joven que me abraza en medio de un bello prado verde, susurrando a mi oído. Desperté, mire a todos lados y vi a mi hermana de pie, abrazando el mandil, que le había comprado.

El sol empezaba a asomarse y mi madre, ya esperaba con el desayuno listo. Había matado dos gallinas para que yo llevara. Muy contentas mi hermana yo, vamos al lado de mi madre, quien con una sonrisa, nos recibe. Me siento extraña, comí muy poco y hable menos, solo sonreía. De pronto escuchamos el ruido de un motor; Carlos abre la puerta y Franco entra, saludando a todos, con una bolsa de pan y jamón; lo invitamos a desayunar.

Franco, no me quita la mirada, y me dice:

--- ¡Estás muy bonita!, más tarde te puedo llevar de regreso.
--- Está bien, de paso charlamos por el camino, ¿te quedas a almorzar?
--- Sí tú mamá me lo permite, me quedo.
--- Quédate hijo, eres bienvenido.

Franco con un gesto agradece, el ser bienvenido, mientras se retira con Carlos a comprar chicha de jora para el almuerzo.

--- ¡Esperen! Los acompaño. ¿Me dejas cerca de la casa de Claudia Franco?, le voy a llevar un poco de lo que hay aquí, ¿No te molestas mamá?
--- No hija, gracias, me ahorraste tiempo, pues mañana iba a ir. Gracias mamá ¡vamos Franco!

Las horas caen como las hojas de los árboles en otoño… ese día trascurrió veloz. Me despedí de mi familia y regrese al trabajo. Me sentía tan contenta, charlamos mucho con Franco de regreso a casa de la señora Elena.

Sentía en mí, un cambio, siento cariño por Franco. El, está muy ilusionado conmigo, yo no. Llegamos rápido a la casa de Elena. Me despedí de Franco, dándole un beso en la mejilla, baje y camine a la entrada de la reja, levantando la mano, en despedida.

Vuelta al Trabajo - Gladis

Me abrieron la puerta y entre a la casa, fui a la cocina, a dejar algunas verduras y las gallinas, que había llevado, luego de lavar las gallinas, subí a enseñarle a la señora, toque la puerta de la habitación, la señora me abrió y le dije:

--- Buenas tardes señora, mi mamá le está mandando dos gallinas de su corral, ya las lavé y las puse en la heladera, mañana yo misma le voy a preparar un rico "Caldo", bien rico.
--- Gracias Mariela, quiero probar tu sazón, ¿todos están bien en tu casa?
--- Sí, gracias señora. Me iré a duchar y a estudiar.
--- Está bien... acuérdate que aún es tu día libre, si quieres puedes salir.
--- Gracias señora, hasta mañana.
--- Hasta mañana Mariela.

Con una sonrisa, me retiro, a mi habitación. Me desnudo y entro a ducharme, me gusta estar bajo el agua, después de ducharme, me puse el pijama y a estudiar. Luego, busco a Gladis, para salir un rato a pasear, cerca de la casa, hay un parque y muchos negocios. Gladis llama a su novio y éste llega al restaurante, donde nos encontrábamos. Gladis, me lo presenta miro a sus ojos y Pepe se incomoda, rápidamente inclinando la cabeza, le dice a Gladis:

--- ¿Puedo conversar contigo a solas?
--- Está bien, pero no puedo dejar sola a Mariela, la llevamos cerca de la casa y luego nos vamos, ¿te parece?
--- No te preocupes por mí, Gladis, conozco el camino; además quiero caminar un poco, después regresaré a la casa; vayan ustedes, hasta luego.
--- Mariela, ten cuidado al cruzar la calle.
--- Está bien, no te preocupes.

Camine por varios lugares y compre unos dulces y un libro, después regrese a la casa, al entrar me esperaba Benita.

--- ¿Y Gladis, dónde está Mariela?
--- Se fue con su novio… yo caminé un poco y ya estoy aquí.
--- ¡Con su novio! esta muchacha, no entiende; ese hombre es malo ¿a dónde se la habrá llevado?
--- No sé Benita.
---Toma, te van a gustar, son ricos… ¿conoces a ese señor?, cuando lo miré a los ojos agachó la cabeza y se la llevó, a mí no me agrada ese señor, oculta algo.
--- Tienes razón, ese hombre es casado y tiene mujer e hijos, pero Gladis no lo cree, dice que son mentiras mías; pero en fin, me da pena por ella. ¿Y tú?, se te ve bien. ¿Sabes que eres muy bonita y tienes una cabellera hermosa?, ¡tienes que cuidarte! yo te quiero mucho.
--- Yo también, ¡anda, come y deja de preocuparte Benita!, ya vendrá.

Riéndome agarro a Benita por el brazo, y la llevo a mi habitación y le cuento, las costumbres de la hacienda… ya cansadas las dos, nos quedamos dormidas, hasta el día siguiente. Afuera, la luna vigila nuestros sueños, mientras tanto Gladis fue llevada a un hotel.

Por la mañana Benita y yo, despertamos, estábamos vestidas, al vernos así, reímos, luego Benita va al cuarto de Gladis, toca la puerta, pero ella no abre, saca la llave adicional que ella tiene de todas las puertas, entra y ve la cama tendida, Gladis, no regreso a la casa. Preocupada, nuevamente se dirige a mi cuarto, y me dice:

--- Mariela, Gladis no ha regresado ¿Qué le vamos a decir a la señora Elena, cuando pregunte por ella?
--- Cálmate Benita, nada le ha sucedido, ya vendrá y nos dirá qué pasó.
--- ¿Sabes por qué me preocupa?, no tiene a nadie aquí, es de Ayacucho y vino muy jovencita, yo la conozco, desde que tenía quince años y cuando conoció a ese hombre cambió. Tengo que decírselo a la señora Elena… ella sabrá que hacer.
--- Pero báñate al menos Benita ¿no?, después le dices a la señora.
--- Bueno ya me voy, es tarde.

Moviendo la cabeza, se aleja; media hora después, Gladis llega feliz, trae panes y tarareando nos saluda; abrazándonos, nos dice:

--- Hoy, estoy feliz, no me digan nada por favor, más tarde les cuento, tengo que llevarle el desayuno a la señora Elena; voy a cambiarme... ¡me lo tienen listo!
--- Pues apúrate, ya está listo.
---Llévales tú el desayuno a los señores, Mariela, por favor.
--- Dámelo Benita, ya regreso.

La Mamá de Elena - Señora Elegante

Sonriente llevo la bandeja, con el desayuno. Luego, limpio y ordeno, las habitaciones y me voy al jardín, a recoger unas flores para Elena. Estaba entretenida recogiéndolas, cuando sentí, que alguien me observaba; levanto la cabeza y vi, a una señora muy elegante delante de mí, sonriendo me dice:

--- Hola, ¿te gustan las flores verdad?
--- Si señora, ¿está usted de visita en la casa?
--- Sí, vine a ver a mi hija... te recomiendo, a ella le gustan los jazmines, dile que la amo mucho.
--- Pero pase usted a la casa, ¡dígaselo usted misma!

Me acerco al lado de los jazmines y corto algunos muy bonitos; levanto la cabeza, la señora ya se había ido. Alzando los hombros, entro en la casa y ordeno todas las flores en los jarrones, pero, los jazmines los llevo a la habitación de Elena. Entro y los coloco en un jarrón; luego, me dirijo a la cocina, al llegar, pregunto a Benita:

--- Benita ¿viste a la mamá de la señora Elena?, es muy elegante ¿no?, sí... la señora siempre fue muy elegante. La señora Elena llegará por la noche, se fue a visitar a su hermana y el señor también viene por la noche.
--- Qué pena, quería prepararles el caldo de gallina, pero mañana lo cocinaré, ¿Qué más te ayudo Benita?
--- No hay que hacer más, ¿viste a Gladis por el corredor?
--- No, pero ya vendrá, quizá estará lavando la ropa.
--- ¡Qué lindas flores trajiste Mariela! bueno vamos a almorzar, que tengo hambre.
--- Yo también Benita.

Nos sentamos a almorzar, Juan, Benita y yo. Empezamos una charla, para conocernos un poco más, Juan me comenta del trabajo, que desempeña.

--- El señor me manda a la oficina de la señora Elena, y otras veces a sus empresas. Por eso, no me ven aquí. Trabajo doble, necesito plata, mi esposa está muy enferma y su tratamiento es caro.
--- Perdona Juan, lo siento. ¿Puedo hacer algo por ella?
--- No, Mariela, su mal no tiene cura, solo la estamos manteniendo viva.

En ese momento, sentí angustia y me puse de pie, para retirarme, Benita me detuvo.

--- Espérate voy a servir el almuerzo, ahí viene Gladis, ¿Qué nos tendrá que decir?, ¡a sentarse!, llamen a Ramón.

Almorzamos, entre charlas y risas disfrutamos con un buen apetito. Por la tarde, me voy a estudiar, después de clases regreso a casa y me dirijo a mi habitación a dormir. Me sentía un poco cansada y apenada, por lo que le sucede a la esposa de Juan.

Pensando en ella, me dormí profundamente. Al día siguiente, llevo el desayuno a la señora Elena y al señor Luis.

--- Buenos días señora Elena, buenos días señor Luis. ¿Le gustaron las flores?, me las recomendó su mamá señora, estaba ayer en el jardín y me dijo que a usted le gustan los jazmines, por eso le puse esas flores. ¿La vio?, ella dijo que venía a visitarla; también me dijo que la amaba mucho.
--- ¿Qué estás diciendo?, es una broma ¿verdad?
--- ¿Broma? ¡No señora!, yo la vi ayer en el jardín y hablé con ella.
--- ¡No puede ser! Mi madre murió hace tres años.
--- ¿Qué?, ¡No puede ser! yo la vi, estaba muy elegante como si se fuera a una fiesta, con un vestido verde del color de sus ojos, ¡Yo no miento, yo la vi!

Se pone de pie la señora Elena, y va en busca de una llave de su gaveta, abre la gaveta de su armario y saca un álbum de fotos, se acerca a mí y me enseña las fotografías.

--- ¿Esta es la mujer que viste en el jardín?
--- Si señora, es ella y así estaba vestida.
--- ¡No puede ser! Seguramente Benita te habló de mi madre.
--- No, yo le pregunté por ella, ayer después que la vi.

La señora Elena, llama a Benita y a todos sus empleados y les pregunta:

--- ¿Alguno de ustedes ha hablado con Mariela de mi madre?

Todos contestaron que no habían hecho ningún comentario conmigo, acerca de su madre, pero se acercó Benita y le dijo:

--- Señora, ayer Mariela me dijo que la madre suya, estaba muy elegante, pero yo no le di importancia, eso es todo.

Pueden retirarse menos tú, Mariela:

--- Si señora.

Vamos al jardín, quiero que me digas donde viste a mi madre.

Salimos al jardín y le mostré a la señora, dónde exactamente se me presentó Deborah, su madre, yo, le indico el lugar diciendo:

--- Señora, yo no sabía que su mamá había muerto y no he visto ninguna fotografía de ella, hasta hoy, pero, quiero contarle algo sobre mí.
--- Mariela, desde el primer día que te vi, me di cuenta que no eres normal… dime qué te pasa:
--- Señora, yo desde niña veo espíritus y siempre me buscan. Mi abuela también los veía, pero nadie me cree y me siento mal.

--- Cálmate, yo he escuchado de estas cosas, pero ahora me asusté, eso es todo. Si me lo permites, quiero llevarte a unos amigos profesionales, para que conversen contigo y te den un tratamiento.
--- Me angustio, por un momento, y la señora me dice:
--- Está bien. No te pongas así, eres una chica especial, ¡eso es todo!
--- Mire señora, ahí está su mamá, está vestida con una bata amarilla y pantuflas.
--- Mamá te extraño mucho.
--- Dice su mamá, que en el desván esta su peluche, que lo saque del cajón y se lo lleve a su cuarto, que siempre estará con usted, que no llore, porque ella está bien... eso dice.
--- Sí te creo; cómo ibas a saber tú en dónde estaba mi peluche de niña. Sí te creo Mariela, yo te voy a ayudar para que no tengas miedo; ahora vamos, que nos esperan y no les digas a los empleados nada.
--- No se preocupe señora, sé estar en silencio.

Conmovida, la señora Elena entra a su habitación. Ahí la estaba esperando su esposo, el señor Luis, quien le dice:

--- Era mentira ¿verdad?
--- No Luis, es verdad. Yo hablé con mi madre. Mariela puede ver espíritus, es una niña especial hay que ayudarla.
--- Sí, no lo dices tú, no lo creería. Voy a la oficina. Te amo.

El señor Luis, besa a su amada Elena, y sale rumbo al trabajo. Mis pensamientos me abruman, Benita empieza a preocuparse por mí, pero guarda silencio.

Me sirvo un jugo, y me siento, con ella en la mesa de la cocina, solo dijo:

--- Te quiero hija, no te pongas así, mañana es otro día y el sol saldrá y nos calentará a todos, cambia esa carita.
--- ¡Ay, Benita!, yo también te quiero mucho. Tienes razón, mañana es otro día. Voy a limpiar los dormitorios, ya regreso, gracias Benita.

Luego entra Gladis:

--- ¡Hola! ¿Qué pasa? ¿Todo bien?
--- ¡No! nada está bien, ¿me puedes decir qué pasó contigo?
--- Nada Benita, ya no te preocupes, ya soy grande.

Gladis toma el vaso de jugo, nos mira a las dos y moviendo la cabeza se aleja por el corredor rumbo al jardín.

Nuevo Trance - Marcos

Pasan los días y poco a poco me gano la confianza de la señora Elena y su esposo, lo mismo de sus hijos y todos los empleados; se sentían feliz con migo; pasan dos meses en armonía. La señora Elena me regala una cocina para mi madre, me siento muy contenta y profundamente agradecida, por eso, en mis ratos libres, le ayudo en unos trabajos de oficina, que ella tiene en la casa, para su fundación. Yo tengo buenas notas en la academia, donde estudio y pronto terminare el primer año de estudios. También ayudo a recolectar ropa usada, entre las amigas de la señora, aprendí a hacer obra social.

Una tarde de sábado, en mi día libre, salí a pasear por el parque cercano a la residencia donde trabajo; compre un helado y me siento en un banco del parque. Sentí mucha nostalgia, al ver cómo los niños jugaban en los columpios, junto a sus padres. Recordé mi infancia con los niños de la hacienda jugábamos en troncos, colocados uno sobre del otro y así nos mecíamos; nos columpiábamos en las ramas de los árboles, también hacíamos nuestras cabañas de palos y ramas; así éramos felices. De pronto sentí el golpe de una pelota en sus piernas y la voz de una niña que me decía asustada...

--- Perdón, tiré muy fuerte mi pelota, ¿no te enojas verdad?
--- No mi amor, no me dolió.
--- ¿Quieres jugar conmigo un ratito?
--- Está bien, vamos a jugar.
¡--- Qué bueno, vamos!

Sonriéndole a la pequeña, empezamos jugar, luego, la madre de la niña, se acerca para jugar con nosotros, pronto el grupo de niños, con sus madres, jugábamos alegremente, confundiéndonos, todas entre los niños por un largo rato; luego, me detengo, agitada y les digo:

--- Tengo que irme, estoy cansada.
--- ¿Cómo te llamas muchacha?
--- Mariela señora, trabajo muy cerca de aquí, hasta pronto.
--- Mariela vuelve pronto, me llamo Jazmín

Levantando mi brazo, me alejo al otro lado del parque y me siento en un banco, saco un chocolate de mi bolso, disfrutándolo. De pronto, siento que todo, me da vuelta, me doy unos masajes, en mi frente y la cabeza cerrando los ojos.

Al abrirlos, vi a una mujer y un hombre junto al mar. La mujer era golpeaba salvajemente, el hombre le arrancaba la ropa y la violaba, dejándola tirada en la arena. Luego vi a un niño llamándome, saliendo del trance en que me encontraba. Llorosa, intente levantarme, pero no pude, aún me sentía mareada, no me di cuenta, que un hombre se acercaba a mí preguntándome:

--- ¿Se siente bien?, ¿la puedo ayudar?
--- ¡No gracias! ya estoy mejor.
--- Me llamo Marcos, me acerqué, porque la vi mal.
--- Gracias, me llamo Mariela, ya estoy mejor, me tengo que retirar.
--- Mariela, ¿la puedo llevar hasta su casa?, no la veo nada bien.
--- Está bien, vivo cerca de aquí.
--- Vamos, tengo el auto cerca.

Me apoye en su brazo llevándome, hasta su auto, minutos después, se detuvo frente a la mansión, se quedó mirando; luego me dijo:

--- ¿Aquí vives?
--- Sí, aquí vivo y trabajo: soy empleada del hogar, gracias por traerme Marcos.

--- De nada Mariela. ¿Te puedo ver otro día?
--- Quizás, no sé Marcos. ¡Gracias!

Bajo del auto y toco el timbre, mientras el auto se aleja. Apoyándome en la pared espero. Realmente me sentía mal. Juan me encuentra sentada al pie de la puerta de rejas, al verme muy pálida, se asusta y me carga, llevándome a mí cuarto, llamando a Benita, quien acude a su llamado. Los dos entran en la habitación y Benita trae alcohol, y me pasa por la frente y nariz para reaccionar.

Poco después abro los ojos abrazándome a Benita llorando le digo:

--- Tuve una visión Benita, vi algo muy feo.

Cálmate, solo era una visión. ¿Quién te trajo?, escuchamos el sonido de un auto, pero cuando Juan salió, no había nadie, solo tú, casi desmayada.

--- Un señor Benita, me vio mal en el parque y me trajo, me dejó bien pero, cuando él se fue sentí que todo me daba vueltas y me desmayé. Me siento muy cansada, deseo dormir Benita.

Está bien, pero antes, te voy a dar un relajante, para que descanses mejor, nos asustaste hija… ahora regreso.

Mientras Benita se retira por el calmante, Juan me dice:

--- Velaré tu sueño mientras Benita regresa, estás muy nerviosa, tranquilízate, ya pasó. Debes tener cuidado, cuando sientas que estás mal.

Benita regresa con un vaso con agua y unas pastillas que me da, dejándome dormir. Esa noche volvieron mis pesadillas, pero al día siguiente nuevamente… las olvide. Seguí con la rutina que llevaba.

Volvieron las clases y me puse a estudiar.

Franco -- La Mujer Vestida de Negro

Por el mes de febrero al salir de clases, en la puerta de la Academia me esperaba Franco, apenas me vio, fue a mi encuentro:

--- ¡Hola! ¡Cuánto tiempo sin verte Mariela! ¿Cómo estás preciosa?
--- Hola Franco. ¡Qué bien se te ve!, tampoco has vuelto por la hacienda, ¿estás enojado con nosotros o con Carlos?
--- No, lo que pasa, es que me fui de viaje a Estados Unidos, pero ya estoy aquí… ¿aceptas una salida el sábado a la playa?
--- Bueno, hace mucho tiempo que no voy a la playa, está bien, acepto.
--- Sube a la camioneta, te llevo a tu trabajo, el sábado, paso a las tres por ti, te llevo a la hacienda, quiero ver a Carlos y saludar a tus padres; te traje algo que te va a gustar.
--- ¡Si! ¿Qué es?
--- Espérate al sábado.
--- Estaré esperando Franco, gracias por traerme. Tengo que estudiar; cada mes tengo exámenes y estoy bien, pero de todos modos, tengo que prepararme, nos vemos el sábado.

Franco me sigue con la mirada, hasta que entre a la casa, luego sonriendo, se aleja. Seis meses que no lo veía, está muy guapo, pero lo quiero como un hermano.

Al verme él, el sentir de su ser, es fuerte, como al principio. Llega el sábado, Franco me espera en la puerta de la casa de la señora Elena. Salí con unos paquetes, ayudada por Juan el mayordomo. Franco al vernos, baja de la camioneta para ayudarnos y me pregunta:

--- ¿Te vas nuevamente al campo? ¿ya no trabajarás más aquí Mariela?
--- ¡No!, es ropa y zapatos, para mi gente y para mis amigos del campo.
--- Creí que habías cambiado, pero veo que sigues siendo humilde, por eso te quiero más.
Gracias Franco, ¿Nos vamos?, gracias Juan, mañana regreso.

--- Hasta mañana Mariela, cuídate.
--- Está bien, me cuidaré.

Emprendimos el viaje a la hacienda, mientras charlábamos.

--- ¿Cómo te fue en Estados Unidos Franco? Sacaste buenas notas, ¿no?
--- Excelentes notas Mariela, pronto me graduaré de médico y de los buenos.
--- Qué bueno, ¿irás a curar a toda la gente de la hacienda?, siempre están enfermos, sobre todo los niños.
--- Te lo prometo Mariela.
--- Gracias, sé que lo harás, te quiero mucho Franco.
--- Yo también Mariela y mucho.

Pronto llegamos, a la playa…baje de la camioneta y corrí, como una niña por la arena gritando:

--- ¡Que rico, quiero volar!, ¡Quiero volar!

Mientras las olas se esfuerzan por alcanzarme y acariciar mis pies, Franco sonriendo me sigue. Corrimos tanto, que la camioneta quedo lejos de nosotros. Cansados, caímos en la arena, mientras las olas nos besaban los pies, con sus tibias aguas. Por un momento, dejamos de reír, la noche nos cubría lentamente. Nos pusimos de pie, corrimos hacia la camioneta.

Deteniéndonos le dije a Franco:

--- El día pasa rápido, ya es de noche, mañana, tengo que entregar las cosas que he conseguido para mi gente, ¡vámonos!
--- Espera, aún no te he dado el regalo que te traje de Estados Unidos.
--- Dámelo, ya es tarde Franco.
--- Toma, ábrelo y dime si te gusta…
---Si, ¡es muy bonito!, gracias por acordarte de mí Franco.

Por un momento Franco pensó, que me colgaría de su cuello, agradecida, pero no fue así, me acerque a él, dándole un beso en la frente. Luego, subimos a la camioneta y partimos a rumbo a la Hacienda, mientras manejaba, me contaba sus anécdotas reíamos, me sentía bien a su lado. Pronto llegamos a la hacienda.

Mi madre, al oír el ruido de la camioneta, salió con Sandra a la puerta de la casa a recibirnos. Al ver a Franco, Sandra se colgó de su cuello muy contenta gritando:

--- ¡Regresaste, regresaste! qué bueno, ¿cómo estás?
--- Espérate Sandra, dice Franco, déjame saludar.
--- ¿Cómo estás Franco? ¿Cuándo volviste?, Carlos se va a poner contento con tu regreso, ¡pero, pasa!
--- Hija mía, te extrañamos mucho.
--- Mi viejita querida, yo también los extraño mamá.
---Tu papá, y tus hermanos se pondrán muy contentos, al verte a ti y a franco. Miren ahí viene Carlos con tu papá.
--- Mi papá, Carlos y don Mario, ¡traen unas caras!
--- Don Mario no viene con ellos Mariela.

Mi padre, me abraza muy fuerte, lo mismo mi hermano Carlos, luego se dirige a mi madre y se la lleva a un lado de la casa.

--- Ven un ratito… don Mario murió, no digas nada.
--- Está bien, me callaré, Mariela y Franco están muy contentos, luego hablaremos.

Se acercaron a sus hijos, mientras Mariela los miraba preguntándoles.

--- ¿Todo bien papá, mamá?
--- No muy bien hija; don Mario ha fallecido, vamos adentro.
--- Si Papá, qué le pasó a don Mario, de que murió.

Al escuchar las palabras de mi padre, todos prestaron atención, a lo que nos informaría.

--- Dicen que se apareció una mujer vestida de negro, con el rostro tapado, un día antes; hoy por la mañana su esposa lo encontró muerto en su jardín al pie de un eucalipto, totalmente desnudo, botando sangre por la boca.

Tomás contó los detalles de lo sucedido y esa noche, la familia fue al velorio de don Mario.

A las cuatro de la madrugada, cuando casi todos estaban ebrios, una mujer vestida de negro entró y caminó hasta el ataúd. Su atuendo era muy antiguo, el vestido muy largo con las faldas anchas, cubría su rostro con un velo de seda y lloraba.

Mariela se acerca a la mujer y pregunta:

--- ¿Por qué llora señora?, ¿Usted lo conoce?
--- Si, lo conozco. Él, sin conocerme, llevaba flores a mi tumba… ¿ahora quien me las llevará?, tú eres la única que me puede ver… Tengo algo para ti, ayúdame. A él lo mataron, le dieron veneno porque quieren mis joyas. Tú me tienes que ayudar, te diré dónde buscar.
--- Pero señora ¿quién fue?

Me iba a contestar la señora, cuando mi madre me llama.

--- Mariela, deja de mirar el ataúd y ven, ayúdame a servir caldo, la gente no va a resistir la amanecida.
--- Bueno mamá, ahora te ayudo.

Mientras la gente dormitaba, Franco entra a la cocina y ayuda a llevar los tazones de caldo para la gente que acompaña en el velatorio; pronto todos dejaron su somnolencia. Comienza a amanecer, y como es la costumbre, en el patio construyen el horno, llenándolo con leña y piedras para la pachamanca, en despedida al difunto, es su comida favorita. Algunos fueron a dormir y otros llegan para darle el último adiós.

Al medio día llegan los dueños de la hacienda, acompañados de autoridades; observan a todos y sin hacer preguntas, llamaron a la viuda, mientras sus hijos mayores con ayuda de los vecinos, se encargan del almuerzo. Luego, las autoridades y los dueños de la hacienda, se retiran, dando el pésame. Estuvimos un rato más acompañándolos, luego nos retiramos a descansar un rato. Al medio día, regresamos, para ayudar.

Al llegar, ayudamos a servir la pachamanca; había mucha gente, pero alcanzó para todos y sobró para más. A las cuatro de la tarde, paseamos al difunto, con la ayuda de los vecinos varones, lo llevamos en hombros, al cementerio cercano.

Yo y Sandra nos apoyamos en los brazos de Franco, de pronto vi a la señora de negro, al lado del camino y a don Mario.

--- Ahí está don Mario y la señora de negro Franco, me están llamando, vamos Franco, no quiero ir sola… algo me quieren decir, quédate aquí Sandra.
 --- Cálmate Mariela, vamos.

Nos acercamos a la orilla del camino, mientras el cortejo se aleja.

--- ¿Qué desea don Mario, qué le pasó?
--- Me mataron hija, me dieron veneno.
--- ¿Quién le dio veneno y por qué?
--- Porque encontré joyas de la señora de negro. Ellos creen tener el lugar, pero no lo saben.
--- ¿Quiénes son ellos don Mario?
--- El capataz de la hacienda Naranjal y sus cómplices Mariela… ¡ayúdame! cuida a mis hijos y mi esposa. La señora de negro, te dirá dónde están esas joyas.

Sin decir más desaparecieron. Me sentí inquieta, aferrándome al brazo de Franco, preocupada, nos acercamos a mis padres y a mis hermanos y le dije a mi padre:

--- Papá, don Mario me pide que cuide de su familia, en la casa te contare con más detalles.

Acompañamos a su familia, hasta que termina el entierro, luego nos despedimos y regresamos a nuestra casa. Llegando le comente a mi familia lo que me dijo don Mario, después me despedí de ellos y Franco, me regresa al trabajo.
Por el camino, Franco me pregunta:

--- ¿Cómo te sientes, después de todo lo sucedido?
--- La verdad, no me siento nada bien, salgo de una y entro en otra, pero, tengo que ayudar a don Mario si no, no descansará en paz; por otro lado, su esposa e hijos corren peligro por la ambición de esa gente. Si ellos supieran que yo sé que ellos envenenaron a don Mario, seguro me matan. Dentro de dos semanas salgo de vacaciones por quince días. Voy a averiguar que pasó.
---- Sin querer te has metido en problemas, pero te ayudaré, no pienso dejarte sola, ya soy tu cómplice.
----Gracias, entre los dos, averiguaremos quiénes son esas personas. Bueno, ahora a la rutina del trabajo y a mis estudios.
---- Hablas así de tu trabajo y estudios, pero no de la ayuda que siempre estás prestando a todos, eres admirable, te quiero mucho.
---- Yo también te quiero mucho, eres mi mejor amigo, eres como mi hermano.

Llegamos a la casa de la señora, Elena y no podía ocultar la preocupación que tenía. Luego de saludar a Benita, me retire a mi habitación, me duche luego me recosté en la cama, quedando profundamente dormida.

Marco -- Franco --- Las Joyas

Al día siguiente por la tarde, al salir de la escuela, encontré a Marco en la puerta. Este se acercó a mí, saludándome.

--- Hola, ¿cómo estás?, te esperaba Mariela, para charlar.
--- ¿Esperando?, ¡ah! sí, claro, perdón, ¿cómo te llamas?
--- Marco, ¿olvidaste mi nombre?
---Disculpa Marcos, si, olvide tu nombre.

--- ¿Aceptas tomar un té o comer?
--- Algo por aquí cerca, por favor, solo dispongo de media hora.
--- Está bien, me alegra que hayas aceptado vamos.

Marco es un tipo muy atractivo y fino, su actitud me cautivó, desde ese momento, salimos muchas veces, hasta que llegaron mis vacaciones.

Franco, pasa a recogerme de mi trabajo para irnos a la hacienda, a resolver un asunto pendiente. Subí con muchas cosas, que me habían regalado, Franco me ayuda sonriendo, mientras me despido de Benita y Juan, luego partimos a resolver el problema de don Mario y la mujer de negro.

Por el camino, le conté a Franco de Marco, como lo había conocido. Él se puso serio, preocupado. Llegamos a la hacienda y nos dirigimos a la casa de la esposa de don Mario. Ella, nos esperaba. Apenas nos vio, se abrazó a mí llorando.

Entre lágrimas, nos cuenta que algunas noches, veía a su esposo al pie de un viejo árbol de eucaliptus, en el patio trasero de la casa; también nos cuenta, que unos hombres habían ido a hacerle preguntas; que ella les había contestado que no sabía de qué le hablaban y se pusieron furiosos, que la habían amenazado si contaba a otra persona lo sucedido. Elsa, esposa de don Mario, me pregunta muy nerviosa:

--- Marielita, ¿Qué te dijo mi difunto?, ¿Por qué vinieron esos hombres? ¿De qué me hablaban? ¡Dímelo!
--- ¡Cálmate Elsa, te presento a Franco, ahora escúchame! Tu esposo me habló de unas joyas de una señora de negro. Dicen que en 1886, esa señora tenía una casa muy grande y bonita, luego con los años, la derrumbaron y construyeron casas para los campesinos, por todo este lugar, y el patio de atrás de la casa, era el patio de la casa de esa señora de negro y el árbol de eucaliptus, es de esa época, por lo tanto, al lado de ese árbol quedaron escondidas las joyas de la señora de negro y ella quiere que ese tesoro, sea de don Mario. A él lo mataron esos hombres que usted vio, así que tiene que irse de aquí; esas joyas ahora son tuyas Elsa.

---Nada es mío Mariela; acuérdate, que esto pertenece a la hacienda y todo lo que hay aquí es de los patrones. ¿Qué haremos ahora? ¿Tú que dices Franco? ¿Qué podemos hacer?
---Lo primero que vamos hacer es indagar si esas joyas existen; Elsa, que tus hijos me ayuden a escarbar en ese lugar.

Trajeron lampas y picos y comenzamos a excavar. Después de media hora estábamos rendidos y no encontramos nada. El eucaliptus, es muy ancho y viejo, pero aun, se conservaba verde.

Escarbemos al otro lado del árbol, sé que ahí está. La señora de negro, está aquí junto a nosotros y dice que si está al otro lado del árbol. Cavemos, luego descansaremos.

Seguimos trabajando y quince minutos después, nuestras lampas tocaron una piedra enorme. Tratamos de sacarla, pero estaba muy pesada, los hijos de Elsa, buscaron unas barretas e hicieron palanca hasta que cedió…, con gran esfuerzo logramos sacar la piedra y ahí estaba, un cofre grande, viejo, oxidado, nos miramos en silencio, luego con mucho esfuerzo, sacamos el tremendo cofre, los varones lo llevaron dentro de la casa y nuevamente salieron a tapar el hueco hasta dejar todo como estaba.

Entraron a la casa y abrieron el cofre. Al abrirlo escuchamos el llanto de una mujer, me retire un poco del grupo y les dije:

— Es la señora de negro; esas joyas eran de su madre, lo mismo las monedas de oro, está feliz, porque queda en manos de buenas personas, dice, que tu esposo Elsa, era el único que le llevaba flores a su tumba, aún sin haberla conocido. El error que él cometió, fue comentar a sus amigos de la otra hacienda, lo de las joyas, pues estaba borracho. Elsa, la señora de negro pide que vendas las joyas y te marches lejos, con sus hijos.

Termine de decirle a Elsa, el deseo de la señora de negro, cuando un bonito collar se levanta del cofre, sin que nadie lo toque, y junto con otras joyas más, caen encima de mis zapatos.

Elsa ve lo sucedido y dice:

---- Ella quiere que esas sean para ti.

Volví mi rostro, hacia la señora de negro, agradeciéndole el maravilloso gesto, ella me sonríe y desaparece.

Los hijos de Elsa sacan uno por uno todo lo que hay dentro del cofre, entregándole a su madre, luego, Franco se ofrece desaparecer el cofre, limpiamos las joyas y las monedas luego Elsa le dice a Franco:

--- Franco, tú que conoces de esto, véndelo; te daré tu comisión, no confío en nadie, hijo.
--- Bueno Elsa, será difícil, pero lo haré; gracias por la confianza.
--- Yo me quedaré contigo Elsa, estoy de vacaciones.
--- Gracias Marielita, eres muy buena.
--- Yo me voy, tengo que averiguar compradores.
--- No te vayas Franco, ya es de noche y todo está oscuro; mañana temprano te iras, esta noche te duermes con mi hijo en su cuarto… tengo caldo de gallina, vamos a comer.
--- ¡Vamos Elsa, vamos muchachos!

Esa noche descansamos tranquilos. Al día siguiente, Franco se levanta muy temprano, con la ayuda de los hijos de Elsa, sube el cofre a la camioneta y las joyas y monedas, bien amarradas en costalitos, nos despedimos de Elsa y nos fuimos a mi casa, para descargar las cosas que había llevado de la casa de la señora Elena. Luego él se fue rumbo a la ciudad.

Después de estar un rato con mi madre y mis hermanos y comentarles lo sucedido, salí rumbo a casa de Elsa, al llegar arregle los alrededores del árbol de eucaliptus, sembrando flores y otras plantas muy bonitas, me sentía feliz, nunca había tenido nada. Después de una semana, Franco aparece por la casa de Elsa con alegría y una sonrisa de oreja a oreja; entra a la casa y levanta a Elsa por los aires y le dice:

--- ¡Eres rica!… vendí las joyas y son muy antiguas, son de oro puro y plata; las vendí en el mercado negro, ahí no hacen preguntas, no te pagan igual porque cuestan mucho más, pero correríamos riesgo de que te lo quitaran.

--- Lo que me dieron también es mucha plata, lo suficiente, para que te compres un terreno en "barranco", construyas tu casa y pongas un negocio para que trabajes tranquila; lo tuyo también es mucha plata Mariela.

--- Solo quiero comprarles sus cosas a mi mamá y mis hermanos, Franco.

--- Alcanzara para eso y mucho más Mariela. Elsa, tu plata está en mi casa, en Lima, cuando tú quieras puedes disponer de él.

--- Gracias Franco… yo quisiera que tú te encargues de todo. Te daré tu comisión, y muchas gracias por lo que haces por mí y mis hijos. Gracias a ti también, Mariela.

--- Nunca me olvidaré de ti Elsa ni de tus hijos, pero me lo agradecerás con una condición… ayuda a otras personas que lo necesiten, ¿de acuerdo?

--- ¡Trato hecho Marielita! El lunes iremos a ver lo del terreno o mejor una casita, quiero irme pronto de aquí. Mañana hablaré con mis patrones, para decirles que pronto me iré.

--- Te voy a acompañar Elsa, no irás sola; antes que regrese a trabajar, ya estarás en tu otra casa, con tus hijos. Allá es más cerca, para que estudien una carrera. Ya verás que todo saldrá bien.

Toda la semana que me quedaba de vacaciones, me pase ayudando a Elsa. Franco acompaño a Elsa a ver la casa y la compraron, se mudaron a ella, además, Elsa recibió una liquidación de los dueños de la hacienda. Yo compre algunas cosas para mi casa, que necesitaban mis padres y mis hermanos, sembré un hermoso jardín, también ayude a mi padre con los documentos de propiedad de su terreno.

Alcanzo para comprar una camioneta de segunda mano, para que mi familia no tuviera que caminar tan lejos. Lo demás lo guarde; seguí trabajando y ayudando a mucha gente necesitada.

Titulo

Después de unos meses, Marcos volvió a buscarme, me invita a la playa, muy contenta, accedí salir a pasear, no sentí el peligro que me acechaba. Llega el fin de semana y llega Marco a recogerme y me lleva a una playa lejana; por el camino, empezó a seducirme, pensé que bromeaba llegamos a la playa, bajamos del auto camine por la arena, mirando a todos lados, no había nadie ni nada, Marco se acerca a mí, abrazándome por la espalda, besando mi cuello, sobándose en mi cuerpo, sentí un escalofrío y temblé de miedo, empecé a gritar, le mordí la mano, por un momento me soltó y corrí con todas mis fuerzas, pero él me alcanzo me tiro un puñete en el rostro, caí en la arena, saque fuerzas me defendí, él me arranco la ropa mordiendo mis pechos, yo gritaba de dolor, me golpeo mucho más, me violó salvajemente ...

Luego de su fechoría, me deja sobre la arena y creyendo que me encontraba muerta, rápidamente se aleja del lugar.

Después de media hora empecé a reaccionar del desmayo que me ocasiono los golpes que me dio Marco. Las pequeñas arañas de mar, se subían por mi cuerpo ensangrentado, quise ponerse de pie, pero no pude y nuevamente caí sobre la arena. Luego sentí unas manos que levantaban mi cabeza, al abrir los ojos vi junto a mí, a una mujer curándome las heridas, también vi a otras personas llenas de luz, nuevamente intente levantarme, pero todo giraba en torno a mí y me desmaye.

Al día siguiente desperté en mi cama, cubría mi cuerpo, una túnica blanca, mire mis manos y me puse de pie y fui a mirarme al espejo del baño, no tenía ni un rasguño, absolutamente nada. Recordé a la mujer que estaba conmigo en la playa y la vi reflejada en el espejo del baño, a mi abuela que se acercaba a mí, me volví a verla y ella me dijo:

--- ¿Por qué no haces caso de los mensajes que recibes?
--- Abuela, gracias, por salvarme de ese mal hombre pero, ¿De qué mensaje me estás hablando Abuela?
--- De tus sueños Mariela; tú sabías que esto iba a suceder y no hiciste nada para evitarlo.

--- Perdón abuela, ahora recuerdo mi sueño, tienes razón, no hice caso. La mujer que golpeaba ese hombre era yo, y el hombre…, ese hombre es Marco.
--- Él, no se llama Marco, Mariela; te mintió. Ya está muy lejos de aquí. Creyó que te había matado y huyó como un cobarde; ya está fuera del país. Ahora ve con Benita, que cree que no regresaste a la casa; dile que volviste muy tarde y te fuiste a descansar. No le digas más. Me voy; cuídate y no te ciegues.

El Accidente - El Milagro

Después de esta terrible experiencia, que tuve, quedé marcada interiormente. Me siento en la cama llorando amargamente. Luego, entro en la ducha, me doy un baño y salgo y me cambio y me dirijo a la cocina en busca de Benita, quien al verme me dice:

--- ¿Dónde estuviste Mariela?
--- En mi cuarto… cuando volví tenía mucho sueño, pasé de largo a mi habitación y me quedé dormida. Voy a llevarles el desayuno a los señores.
--- Llévalo, ahí está; y no te tardes, que quiero contarte lo que le pasó a Gladis, ella no viene hoy, está en el hospital.
--- ¿Qué?, ¿en el hospital?, ¿Qué le pasó?
--- Lleva el desayuno, luego hablamos, ¡apúrate!

Me apresure a llevarles el desayuno a los señores de la casa. Me acerque al señor Luis, el vaso de jugo se me cae de las manos y empiezo a temblar, con la mirada fija y llorosa. Paralizada, me mira el señor y se acerca a mí, sacudiéndome por los hombros:

--- ¿Qué te pasa muchacha? ¡Reacciona…! Elena inténtalo tú, ¡no reacciona! voy a llamar al neurólogo para que la vea.
--- Espera Luis! _

Me recuestan en un sofá y me ponen algodón con alcohol, en la frente y en la nariz, empiezo a reaccionar, aturdida me pongo de pie y suplico al señor Luis, que no salga de la casa:

--- ¡Por favor don Luis, no salga de la casa!, va a sufrir un accidente muy grave, un camión lo chocará, ¡no salga por favor, hágame caso no salga!
--- ¿Que no salga? ¡Tengo que trabajar, ya cálmate!
--- Por favor Luis, hay que hacerle caso, no quiero que te pase nada.
--- -Está bien, saldré por la tarde. ¿Qué has visto Mariela? ¿Que viste?
---Sé que usted no cree señor Luis, pero un camión rojo chocaba su auto y vi como lo sacaban a usted, con las piernas rotas y con fracturas por todo el cuerpo, casi muerto. Usted estaba vestido con un terno azul oscuro y una camisa roja.
--- Yo no uso camisas rojas... no era yo. Bueno te equivocaste; me voy a trabajar o llegaré tarde a la oficina.
--- Pero Luis, no salgas hoy.
--- No te preocupes, todo está bien mi amor.

El señor Luis sale de la habitación rumbo a la cochera, mientras que la señora Elena, queda preocupada, me acerco a ella y le digo:

--- No se ponga mal señora, él no quiere escuchar, ya estoy mejor, voy a la cocina, quédese tranquila.

No me sentía bien; sabía que ese accidente ocurriría, pero no podía hacer nada. Llegue a la cocina, abrase a Benita y le conté lo ocurrido. Nos pusimos a orar. La señora Elena, obviando lo sucedido, se va a su fundación a trabajar.

Al medio día el señor Luis va a un coctel; en él, una compañera de trabajo, tropieza con él, derramando la copa de vino, que llevaba en la mano encima del traje de don Luis; uno de sus amigos le ofrece prestarle su traje, para que se cambie. Olvidando lo sucedido en su casa, esa la mañana y preocupado solo por sus negocios, no se percató, que el traje que le presto su amigo, era azul y la camisa roja, como vi en mi visión.

Terminada la reunión, todos muy alegres se retiran, a una junta de negocios que culmina, a las ocho de la noche, luego se despiden y el amigo decide irse de copas. Invita a Luis, pero este declina la invitación. Se despide, sube a su auto y se aleja rumbo a la carretera.

Había avanzado quince minutos en la carretera, cuando un camión que traía piedra de granito aparece de pronto. Tras el auto que maneja don Luis. El chofer trata de esquivarlo y le hace señas, pero don Luis, no vio las señas, de pronto siente el golpe.

Perdió la dirección… volcándose a un abismo profundo. El camión también terminó en el abismo. Los autos que pasan, se detienen y llaman a los bomberos y a la ambulancia. Cuando llegan sacan a don Luis entre los fierros, retorcidos del auto casi muerto llevándolo a una Clínica cercana. Lo mismo con el chofer del camión pero, a él, lo llevaron a la morgue.

Después de una hora, llaman a la señora Elena para informarle lo sucedido, al enterarse, sufre un desmayo. Benita, que en ese momento se encuentra con ella, llama a sus hijos, llegan a la casa, encuentran a su madre sollozando, se abrazan todos, luego llenándose de valor, salen rumbo a la clínica.

Al llegar a la Clínica, el médico le informa que Luis está grave; ya le habían sacado varias placas y tenía muchos huesos rotos… estaba en coma. Después de escuchar el informe, la familia regresa a su casa y va en mi busca, a la cocina y me suplica:

Benita le da un calmante a la señora y la llevamos a su habitación. Pasaron tres días del accidente. Y don Luis, seguía en coma; al cuarto día, abrió los ojos, solo para llamar a su esposa… estaba agonizando.

Esa noche, al ver el sufrimiento de la señora Elena y sus hijos, llame a mi abuela suplicando su ayuda; mi abuela acudió a mi llamado y prometió ayudar. Esa noche

Acude a la Clínica, con dos personas más. Entran a la habitación de don Luis, se acercan a la cama, colocan las manos sobre el cuerpo de Luis y lo cubren con una luz brillante. Después de unos minutos, Luis abre los ojos y los ve.

Le sonríen y desaparecen ante la mirada de Luis. Luego de eso, queda profundamente dormido.

Al día siguiente, Luis despierta a las cinco de la tarde, se levanta de la cama y llama a la enfermera, quien asombrada, llama al doctor. Este acude al llamado, entra a la habitación y queda sorprendido al ver a Luis de pie mirando por la ventana y le pregunta:

--- Sí doctor, mejor que nunca; quiero irme a casa.

Asombrado el doctor exclama:

--- ¡Pero no puede ser! Voy a mandar que le saquen unas placas, para ver su estado.
--- Placas ¿Para qué?... no me duele nada.
--- De todos modos esta noche se queda aquí, mañana veremos.
--- Está bien, seré obediente doctor.

Sin decir más nuevamente se acuesta en la cama, luego lo llevan a sacarle las placas y análisis en general. Después le dan de comer y entra en un sueño profundo. Al día siguiente por la mañana, traen el resultado de los últimos análisis realizados, lo comparan con los que le habían tomado antes y quedaron asombrados… Luis tenía los huesos rotos y los órganos internos dañados, ¡pero ahora no tenía absolutamente nada!

No salían de su asombro, dirigiéndose a don Luis, le dicen:

--- Es un milagro lo que le está sucediendo Luis.
--- La otra noche, vi entre sueños a unas personas encima mío, eran llenos de luz, luego desaparecieron y quedé profundamente dormido.
--- Cuando desperté ya nada me dolía. No sé, si eran ángeles, pero estoy sano. ¿Puedo ir a casa ahora?
--- Que venga su familia y le daremos de alta; pero tiene que venir a controlarse.
--- Muy bien doctor, aunque me siento mejor que nunca.

Los médicos cruzaron miradas; en verdad estaban sorprendidos por lo ocurrido.

Mi abuela me visita y me informa, que don Luis está sano; agradecí de corazón a mi abuela, pero ella me dice que no necesito pedir ayuda, que aprenda a usar mis dones. Que volverá por mí, para llevarme a conocer su ciudad.

Por la noche, don Luis y la señora Elena regresan a la casa y me buscan, para agradecerme su sanidad.

--- Disculpa por no haberte creído Mariela. Ahora sé de tus dones. Gracias por sanarme… te vi al pie de mi cama.
--- Pero señor, ¡yo no estuve en la clínica!
--- Tú estabas con una túnica blanca y dos jóvenes estaban contigo.
--- No era yo señor, era mi abuela.
--- ¡Tu abuela… no puede ser!, es muy joven para ser tu abuela.
--- Bueno, no quiero saber más; solo quiero decirte "gracias", esta es tu casa, gracias Mariela de corazón te digo.
--- De nada señor, cuídese.
--- Yo también estoy agradecida Mariela; lo que hiciste por mi esposo, no podré olvidarlo nunca, te queremos mucho, este es tu hogar, nosotros somos como tu familia.

Se acercaron a mí, depositando un beso en mi frente, sonriendo, se alejaron, tomados de las manos. Seis meses después, por los periódicos me entero de la muerte de aquel hombre, que me violó en la playa, sentí pena por él, lo mataron por violar a otra chica. Pasaron los días y Franco me seguía visitando y de vez en cuando, también salía con mis amigos,

Los señores de la casa, buscaron un buen especialista para mí, pues seguía teniendo sueños y se me aparecían más espíritus, me sentía muy nerviosa.

La Amnesia

Desde el accidente que tuvo don Luis; no volví a ver a mi abuela, por eso accedí a tratarme con el especialista que me habían conseguido. Me traté un buen tiempo y aprendí a controlarme, tratando siempre de ayudar a quienes me lo pedían.

En esa rutina terminé mis estudios. La señora Elena me pide que trabaje en su oficina, con ella, también me inscribo en una academia, para seguir estudiando. La señora Elena se siente contenta conmigo. En el campo, mis padres me extrañan mucho, a pesar que voy a visitarlos, cada fin de mes mis hermanos también me extrañan mucho.

Carlos conoce a una joven, y deciden convivir. Mi hermano Francisco, sigue estudiando en la universidad y Sandra también postula e ingresa a la universidad.

Una noche que yo regreso de la oficina, el auto en que viajaba choca con una camioneta, se da varias vueltas de campana, cayendo por unas chacras, llaman a la ambulancia y rescatan a los heridos, además de un muerto; pero mi cuerpo, no lo encontraron.

Mientras tanto, Elena y Luis, son avisados por Benita mi ausencia, esperan verla llegar mientras la angustia se aferra de sus pensamientos. En el accidente, mi cuerpo salió disparado al abrirse la puerta del auto, cayendo encima de un montón de paja, golpeándome la cabeza en un montículo de tierra dura, estuve desmayada media hora, me hizo reaccionar el mordisco de una tortuga, abrí los ojos y todo giraba en torno a mí, me incorpore sin recordar lo que paso, camine hasta una casa cercana.

La familia que ahí vive, se encontraban limpiando su Jardín, al escuchar al pequeño perro ladrar, dejaron lo que hacían y corrieron a mí; me ayudaron llevándome dentro de la casa, me recostaron en una cama, luego curaron mis heridas, mientras preguntan mi nombre, no sabía que decir, no recordaba nada. Ellos me cuidaron bien.

Unas semanas después, ya recuperada, los ayudo, con los quehaceres de la casa, por las tardes, me hacían muchas preguntas, yo trataba de acordarme, pero en vano era mi intento. Decidí irme a buscar mi pasado, me regalaron ropa y una manta, para la noche, también queso pan sin levadura, para el camino. Me despedí de ellos, agradecida por acogerme en su hogar.

Camine mucho, cruzando varias granjas, solicitando trabajo, necesitaba ganar dinero, encontré para cosechar manzanas, el capataz me dio alojamiento, junto a otras mujeres, en una casita al lado de los establos. En la madrugada todas nos levantamos, nos lavamos la cara, luego nos ordenaron ordeñar a las vacas, cabras, mientras otras señoras, preparaban el desayuno, compartimos todos en armonía, luego nos enseñaron a preparar queso de la leche. Todos me llaman bonita; al día siguiente fuimos a cosechar manzanas, pronto mi cabello se marchito y toda mi piel.

Aun así, seguí trabajando, luego cuando nos pagaron, me retiré a seguir buscando mi pasado. Sin querer, me fui alejando del lugar del accidente. En las camionetas que pasaban, les pedía que me llevaran, siempre contestaba con un sí o un no, me aleje mucho hacia el sur de Lima. Muchas veces dormí, bajo el manto estrellado del cielo; sentí muchos fríos, fatigas, dolor, hambre, sin recordar.

Una noche, después de ayudar a una señora, me cobijé debajo de un árbol, lágrimas de dolor surcaban mi mejilla, mientras mis labios expresaban mi sentir.

Murmurando me dormí. Mientras, las estrellas y la luna, brillaron con todo su fulgor y muchas aves se posaron cerca de mí, velando mi sueño.

Allá en Lima, don Luis, denuncia mi desaparición, colocaron mi fotografía por todos lados para saber si alguna persona que vea mi fotografía, me reconozca. Estoy muy descuidada, con un vestido viejo, unos zapatos gastados, camino con una manta en la espalda, donde llevo lo poquito que tengo.

Después de un año, trabajando en diferentes chacras y durmiendo en establos y haber juntado un poco de plata, decido viajar a Lima, unos choferes me informaron de la capital, pregunto a uno de los granjeros que salen de viaje:

--- Señor, ¿A dónde van de viaje?
--- A Lima muchacha
--- ¿Me pueden llevar?
--- Sí, mañana en la madrugada salimos; nos esperas lista.
--- Gracias señor, estaré lista.

Al día siguiente, me levanto muy temprano, alisto mis cosas y fui a despedirme de aquellas personas, donde trabajé, luego, espero antes de la hora indicada a los granjeros, que me llevaran a Lima.

Después de quince minutos, aparece el camión, con los granjeros. Me invitan a subir, saludando a sus ocupantes, me indican donde sentarme: el camión se aleja de ese lugar. Durante el viaje, tarareaba melodías sonreía. Los ocupantes me veían y sonreían también, contagiados de mi carisma. El chofer, de rato en rato me miraba, por el espejo, moviendo la cabeza, se apenaba por mí, es lo que trasmitía. Después de varias horas llegamos a Lima, me dejaron en el centro, cerca de la plaza San Martin. Bajo del camión y se acerca el chofer y le pregunto:

--- ¿Cuánto le debo señor?
--- Nada muchacha, toma esta plata, te hará falta.
--- ¡Pero señor, no se moleste! tengo un poco aquí.
--- Tómalo, aquí es dura la vida y cuídate, no te dejes engañar; hay gente mala, cuida bien tu plata; suerte muchacha.
--- Gracias señor… Dios lo bendiga.

Con una bolsa en mi mano y mi manta en la espalda, guardo la plata que me dio el chofer, en mi pecho bien amarradito en un pañuelo que me regalaron. Camino, ofreciendo mis servicios de limpieza. Así llego a un mercado y me siento en la vereda de una esquina, a comer un choclo con queso, mientras unos niños se acercan y me piden pan, saco de mi bolsa un choclo y lo comparto con los dos niños.

La Casa Vieja - Los Niños

Los niños se sientan a mi lado comentándome su vivencia. Luego pregunto por sus padres, los niños responden, que son huérfanos y viven en una vieja casa, con otros niños, yo les comento que no tengo familia, los niños me miran y me llevan a la vieja casa que tienen como hogar. Ahí viven, entre cuatro paredes húmedo techo a punto de colapsar.

Por un momento, quede impactada, pero reaccionando, me puse a limpiar el lugar. Luego salí al mercado y pido a los comerciantes que me regalen unas ollas viejas que no usen. Me preguntan para que los necesitas, les comento mi situación que estoy pasando y los niños que tengo ahora, a cargo, con gusto me regalaron lo necesario para cocinar.

Así conseguí, una cocina de querosene, platos, cucharones y otras cosas más. Los niños vienen a ayudarme a llevar lo recolectado a la casa, cuando llegan cinco niños más, ahora eran siete; Todos se encariñaron conmigo y me llamaron "la Bonita", eran huérfanos o abandonados, me sentía responsable de ellos, encontré en ellos el motivo para luchar.

Pronto nos hicimos amigos, también hice amigos en el mercado, me ayudaron mucho; una de las señoras, me enseño a vestirme mejor y a cuidar mi cabello y mi piel. Poco a poco me asemejo a las fotos que estaban pegadas por todos lados.

Una tarde, Chamo, uno de los jovencitos que vive con nosotros me dice:

--- Bonita, mira lo que encontré…, esta chica se parece a ti.
--- Sí, es verdad; ¿Quién será?
--- A ver, desátate tu trenza… ¡Eres tú!, pero ella es más bonita.
--- Es más bonita Chamito, porque no soy yo. Ahora dime, ¿Dónde están los demás?
--- Ya vienen…, en la panadería de don Timo les darán pan, porque ayudaron a limpiar sus ventanas y ya vienen. ¿Qué cocinaste?

--- Caldo de unos huesitos de manzanas que me regaló el carnicero del mercado.
---Ese carnicero te mira con ojos de carnero degollado Bonita, ¡jajajajaja!
--- ¡Qué cosas dices!, es un señor bueno, nada más, ¡qué se va a fijar en una mendiga como yo!
--- No digas eso Bonita, tú no eres una mendiga, trabajas como nosotros y nos has ayudado mucho, si no fuera por ti, nosotros seguiríamos drogándonos en las calles. Te queremos Bonita, yo te quiero mucho, eres como mi mamá. Nunca nos abandones.
--- No Chamito, no los abandonaré nunca; ustedes son como mis hermanos. Bueno, se está haciendo tarde y no vienen; ¿A dónde se habrán ido?

Preocupada salimos de la casa, a esperarlos a que lleguen, mientras vemos cruzar a la gente, que ignoran nuestra presencia. Aparecen los niños corriendo y tras ellos, la policía.

--- ¿Qué pasa? ¿Por qué corren? ¿Qué hicieron señor policía?
--- Robaron a una señora en la calle.
--- ¿Qué robaron a esa señora?, ¿Díganme, qué?
--- Son unas fotos tuyas, esa señora las estaba repartiendo en la calle, ¡no le robamos nada!, y no nos cree el oficial... mira, aquí están.
--- ¿Y usted quién es?,
--- Soy su hermana mayor, ellos no son rateros, están a mi cuidado.
--- ¿Cómo te llamas muchacha?
--- Bonita señor, nosotros trabajamos, si no nos cree, pregunte a la gente del mercado, yo trabajo ahí.
--- Está bien... mira esa chica, compañero, se parece a esta señorita de la fotografía.
--- Sí, es cierto, se parece mucho,

Pero no puede ser; ella, es una señorita de sociedad y esta es una mendiga, ¡vámonos! y otra vez no le quiten nada a nadie ¡entendieron!, o se van presos.

--- Está bien señor, perdón por lo que hicieron los chicos, no volverá a suceder y ustedes, ¡pasen adentro!

El Afiche - La Fotografía

Ya dentro de la casa, les enseño a no agarrar nada de nadie, llamándoles la atención. Ellos no respondieron, solo me abrazaron con cariño. Luego toma el afiche y lo mira detenidamente, se acerca a un pequeño espejo y mirando a la mujer de la foto se compara, moviendo negativamente la cabeza y lo tira.

Llama a los muchachos, se sientan en unas bancas con su plato en la mano y sonriendo saborean lo preparado. Mientras tanto en la hacienda, mis padres y hermanos ignoraban lo que me había sucedido, todos creían que me encontraba de viaje; pues eso les había dicho la señora Elena, la primera vez que fue a la hacienda, después que desaparecí.

La señora Elena, se conmovió con mis padres y desde entonces, manda cada mes, mi sueldo, como si yo, lo enviara, para que mis padres no se preocuparan.

El señor Luis, ordena imprimir más afiches y manda a ponerlos en toda la ciudad, sin perder la esperanza de encontrarme. Franco ayuda en la búsqueda, sin decir nada a Carlos.

En esa búsqueda pasaron más de un año. Mientras que a mi pequeño hogar, llegaron tres niñas de diez y doce años, bastantes rebeldes; al principio, me rechazaban, después que las fui tratando, cambiaron, el amor que ciento por todos ellos, es más fuerte, jamás tuvieron afecto de nadie, siempre las trataron mal, y las tres fueron ultrajadas, en las calles, donde habían vivido.

Chamito el mayor de todos, tiene dieciséis

Años y en poco tiempo, se convirtió en un joven responsable. Ahora me ayuda mucho más; aconseja y enseña a leer a los demás.

La pequeña casa, está llena con todos ellos y la comida, ya no alcanza. Comemos solo una vez al día y muchas veces, deje de comer, para darles a ellos, estoy adelgazando rápido y estoy muy desmejorada, pero, feliz.

Una tarde, después del trabajo en el mercado, fui en busca de unos colchones que me regaló el dueño de una tienda de muebles; cuatro de los chicos, van conmigo, cuando estábamos jalando los colchones, sentí mareos y caí, golpeándome la cabeza en la vereda.

Al ver la sangre, los chicos gritan llamando a don Pancho, al verme sangrando me carga y me lleva al hospital, en el hospital los enfermeros me suben a una camilla y me curan la herida, pero no reacciono, y quedo internada. Los chicos lloran por no poder verme, luego van en busca de los demás, y esa noche se arrodillan pidiendo en oración por mi salud.

Al día siguiente Pancho y una señora, les comunican a todos los chicos y a los comerciantes del mercado, una señora hace un comentario, inapropiado:

--- Ella está muy delgada porque casi no se alimenta, por darles de comer a esos chicos.

Otra señora pregunta, con angustia:

--- ¿Qué necesita?, ¡dígame Pancho!, ¿Qué dijo el doctor?,
--- Está muy mal, no despierta. Vamos a verla en la tarde, no tiene familia la pobre. Voy a juntar una colecta para llevarle. Nos reunimos dentro de una hora.

Se unieron muchos y recolectaron plata para llevarme al hospital. El médico que me atendía, ordena unos exámenes, me aplican un medicamento, para reaccionar y nada, así estuve una semana. Una mañana, llega un médico de turno; se queda mirándome y recuerda un afiche que le entregaron cuando cruzaba una calle, salió de la sala, yendo en busca del afiche, luego regresa a la sala de pacientes y compara la imagen con mi rostro

La Señora Elena

Demacrado, ve un número telefónico al final, y llama, informando el parecido con una paciente que está en el hospital.

La señora Elena recibe la llamada y acude de inmediato al hospital. La dejan entrar y al verme pálida y desmejorada se llena de angustia. Se acerca y deposita un beso en mi frente. Se informa de mi estado y me identifica con los médicos:

--- Pues sí, es la persona que buscábamos; la trasladaremos a una clínica, para que la evalúen su estado, los especialistas y le realizan toda clase de exámenes.

Realiza los papeleos, trasladando mi cuerpo a la Clínica, me realizan muchos exámenes, cuando tienen los médicos, los resultados le informan a la señora Elena, que tengo un cuadro de anemia severa, pero, con un buen tratamiento y cuidados, me recuperaría.

Mientras tanto, mis amigos, llegan al hospital preguntando por mí. Les informan, que me trasladaron a una Clínica, y que me llamaba Mariela. También se enteran que yo, era la chica que aparecía en los afiches pegados por todos lados.

Luego de agradecer el informe, se retiran entristecidos. Se dirigen a la casa abandonada, donde están los chicos, que yo cuidaba y les informa lo ocurrido… éstos lloran muy tristes, pensando que no volverían a verla.

En la clínica, empiezo a despertar y la señora Elena, que no se había separado de mí, se acerca, y tomándome las manos me dice:

--- Mariela soy Elena.

Abro los ojos y le pregunto:

--- ¿Qué pasó?, ¿Por qué estoy aquí?
---¿No recuerdas nada Mariela? sufriste un accidente y te perdiste.

--- ¡Los niños! ¿Dónde están?
--- ¡Niños!, ¿De qué niños hablas?
--- ¡Ay! Me duele la cabeza.

La señora Elena, llama al médico; éste acude y la revisa. Ordena que le hagan nuevos exámenes y pide a Elena la deje descansar; que no le pregunte nada hasta el día siguiente, con una sonrisa se marcha de la clínica, rumbo a su casa. Al llegar comunica a Benita y a todos los empleados que la esperaban, mi mejoría. Todos se pusieron contentos y Juan dice:

--- Señora, ¿se podrá comunicar esta noticia a su familia?
--- No, es mejor que se quede así, mañana hablaré con Mariela, vamos a esperar.
--- Señora, gracias por no olvidarse de Mariela todo este tiempo.
--- ¿Te olvidas que Mariela salvó la vida de mi esposo Juan?, eso nunca lo olvidaré. Estamos en deuda con ella por siempre; ella es como una hija para nosotros y esta será siempre su casa. Bueno, voy a ducharme... me subes un café por favor Benita, quiero hablar contigo.
--- Sí señora, enseguida se lo subo.

La señora Elena comentó a Benita mi estado de salud y charlaron un buen rato. Al día siguiente por la mañana, acompañada de don Luis, me visitan. Cuando llegan, los esperaba, sentada en la cama, tomaba mi desayuno. Al verla casi cadavérica, don Luis quedó sin palabras y sus ojos se llenaron de lágrimas; se acercó a ella y depositó un beso en su frente; yo, les tendí los brazos y los abrase, sollozando de alegría.

---Perdón por hacerles pasar malos ratos, ahora recuerdo qué me pasó, estuve perdida; todo este tiempo, trabajé duro en las chacras, luego me trajo una camioneta a lima... ahí conocí a unos niños, que son como mis hijos y a muchas personas buenas, que me ayudaron. Trabajaba en un mercado de limpieza. ¿Cómo estará mi familia?, ¿Creerán que estoy muerta o sufriendo mucho señora Elena?

--- No saben nada, ellos piensan que te fuiste de viaje; yo les estuve mandando tu sueldo, es mejor que no se enteren, evitemos que sufran Mariela.
--- Está bien señora, es mejor así. ¿Me puede ayudar usted con esos niños huérfanos?
--- Sí, ya tengo un hogar, En cuanto te recuperes, tú misma los podrás llevar allá. Tienes que recuperarte bien. Presentas, un cuadro de anemia severa y es de cuidado.
--- Sí señora, me voy a recuperar, pero mientras tanto, quién verá por esos niños, quisiera que vinieran a verme, pero no les van a dejar entrar con sus ropitas viejas.
--- No te preocupes Mariela, saliendo de aquí, yo iré a verlos y con la ayuda de la gente que te conoce, compraré ropa para ellos y te los traeré. Dime, ¿cuántos niños son?
--- Diez señora, pero no se preocupe, yo tengo una plata en el banco, podría disponer usted de ella, para comprarles ropa.
--- No, yo me encargaré de ellos Mariela.

Agradezco a los esposos, lo buenos que son conmigo y con los que necesiten. Después de unas horas, la señora Elena va en busca de mis niños.

En el mercado la señora Elena, pregunta por doña Pochita, le dan razón y pronto acuden Pancho, Liza, Pedro y Camila; todos cuentan las dificultades que yo tenía y lo buena, que soy con todos. Después la llevan a la casita abandonada, donde viven los niños, llevándoles comida para los diez niños.

Al llegar, Elena palidece al ver que la casa se está cayendo por la humedad; entraron y vio a unos niños tirados, sucios, encima de colchones viejos y unas niñas tratando de cocinar algo, para todos los niños.

Al ver a Elena, tuvieron miedo, se levantaron y se arrimaron a un rincón, agarrándose de las manos uno con otro. Al ver la situación en que estaban.

Elena no pudo evitar el llanto y sin ver más, les dijo:

— Vengan, no teman, soy amiga de la Bonita y ella les manda decir, que no tengan miedo; pronto ella estará con ustedes, se está recuperando en la clínica, ustedes vendrán conmigo, para comprarles ropa, para que vayan a verla… ¿Quieren ir a verla?

--- ¡Sí señora! pero Chamo todavía no viene y él dijo que nos llevaría a verla.
--- ¿A qué hora viene Chamo?
--- Dijo que no iba a ir a estudiar, para estar con nosotros; viene en una hora señora.
--- Bueno, entonces coman, ¡acérquense!, tomen sus platos y no se pongan tristes.

Los niños, alegres comen el guisado, toman la carne con los dedos y saborean con hambre, mientras la señora, contempla el colchón agujereado donde había dormido yo.

La tristeza la invade y la admiración hacia ella, crecía. En ese momento, entra Chamo, Elena habla con él y poco después, con la ayuda de Pocha, Pancho, Pedro y la alegre Camila, llevan a los niños al mercado. Ahí se bañan, luego se los lleva para comprarles ropa y se visten, poco después se los lleva al hogar, que ella tiene en su fundación.

Los niños quedan maravillados y algunos de ellos, derramaron lágrimas de alegría y besaron las manos de la señora. Por fin dormirían en una cama y un cuarto caliente. Las niñas, en un cuarto grande y los varones en otro cuarto, al otro lado de la casa hogar.

Ya es de noche cuando bajaron al comedor, todo era nuevo para ellos y esa noche se fueron a dormir con la alegría de poder ver a la Bonita.

Al siguiente día, a las siete en punto, todos esperaban, bien bañaditos y peinados, listos para ir a ver a Mariela. Tomaron el desayuno y salen al patio; allí los esperaba un micro, lo abordaron saludando a Elena, que se encontraba en el interior con Benita y

Gladis, quien durante el trayecto a la clínica les enseña una canción alegre. Llegan y se dirigen a la habitación, donde estoy, al verlos, me baje de la cama y los abrase y bese a cada uno de ellos, luego, entre lágrimas les digo:

--- Siempre los veré como a mis hermanitos, siempre estaré pendiente de ustedes, pero primero tengo que recuperarme, yo no puedo ser su mamá de verdad, pero sí su hermana mayor.
--- Sí, te queremos mucho y gracias por mandarnos a una señora tan buena, como la señora Elena… gracias Bonita.
--- No me llamo Bonita, sino Mariela; ese es mi nombre real.
--- Para nosotros siempre serás la Bonita.

Entre risa y llanto les comento a Elena y Benita, lo ocurrido. De repente, sentí que todo gira a mi entorno, y sufrí un desmayo, en la cama. Los niños gritan. Acude la enfermera y entre ella y el médico retiran a todos de la habitación, para examinarme. Luego, el médico sale de la habitación al encuentro de Elena y le informa, sobre mi salud; aún estoy muy débil, y debo descansar unos días más, después me dará de alta.

La Recuperación de Mariela

Elena, Benita y los niños regresan a la casa hogar. Después de una semana me dan de alta y poco a poco con el cuidado de todos los que me quieren, me recupero en dos meses. Ya recuperada, llamo a Franco, mi eterno amigo, me lleve a casa de mis padres, con alegría en su ser, me lleva sin perder la esperanza, de que algún día, lo acepte como enamorado, al llegar a la Hacienda, mi madre me recibe llorando de alegría, luego llega toda mi familia, emocionada los abrazo a todos; sobrinos, hermanos, cuñadas… ¡con tanta alegría! y le digo a Franco en voz baja:

--- Jamás se enterarán, de lo que me pasó, prométeme que nunca se los dirás.
--- Te lo prometo, quédate tranquila.

Entre charlas y regalos, después de tanto tiempo sin ver a mis seres queridos, cansada, me retiro a una habitación de la casa, a descansar, quedando, profundamente dormida.

Al día siguiente muy temprano, me levanto y voy al encuentro de ese río que siempre me escuchó; me desnudo y entro a sus cristalinas aguas tibias, sumergiéndome toda, mientras los pequeños peces mordisquean mi piel, mi larga cabellera negra, se extiende bajo las aguas que acarician mi cuerpo completamente desnudo.

Arriba, el sol aumenta su brillo… el viento celoso de las nubes, sopla con fuerza, alejándolas. Un grupo de gaviotas se acerca posándose en una roca; abro los ojos y alegremente les digo:

--- ¡Qué gusto verlas!, esta vez, no me han picoteado ¿Están bien? ¿Qué pasa? Ya sé, no me han reconocido; bueno, estoy grande, he crecido; les traje pan, maíz y pedacitos de pescado, para ustedes.

Me pongo de pie, cubierta por el manto negro de mi cabellera, mientras las aguas caen, retornando a su cauce, me acerco a mi bolso sacando todo lo que les traje, tirándolo a la arena, a la vez, muchos pajaritos se acercan y comparten.

Luego del festín, una gaviota blanca, se posa en mi hombro, dándome pequeños picoteos, que me provocan cosquilleos en la piel. Enseguida se acercan otras gaviotas, haciendo lo mismo. Al cabo de un buen rato de charlas y risas, levantan el vuelo y se alejan. Me siento feliz, por estar viva. Me visto y regreso a casa.

Toda mi familia me espera para almorzar, mi madre ayudada por mis hermanos y papá, prepararon pachamanca, plato favorito de toda la gente, en el campo. Cuando empezaron a servir, llegaron mis amigas de la infancia, mis vecinos, y no llegaron con las manos vacías, cada uno traía algo de su corral o huerto; al ver las gallinas, huevos, uvas manzanas y otras cosas más, les pregunto:

--- ¿Por qué me han traído todo esto?
--- Porque te queremos… tú has hecho mucho por

Nosotros y estuviste lejos, te extrañamos mucho; de ese modo te recibimos y todavía es poco Mariela.

--- Por favor, no me deben nada, lo hice con amor eso es todo, sin nada a cambio.
--- Recíbenos y no digas más, ¡toma!, que también te lo damos con amor.

El Regreso de Mariela

Sonriendo, agradecí por los regalos, entregándolo a mi madre. Luego, los invite a sentarse para compartir el almuerzo celebrando mi regreso.

Después de pasar tan bonita velada, suspirando, me fui a dormir, sin antes charlar mucho con mi madre y mi hermanita. Al día siguiente, regreso al trabajo, junto a la señora Elena, en la oficina. Todos los viernes, visito a mis niños en el hogar, y los llevo a pasear. Los sábados me iba al campo con mi familia, los extraño mucho.

Una noche soñé, que mi abuela entra a mi habitación, por la ventana me despierta y me lleva, atravesando la pared, me toma de la mano, y me eleva por el aire hasta llegar a una montaña muy alta , bajamos y una enorme roca se desliza a un lado de la montaña, dejando ver una cueva, entramos volando, mientras unas luces azules se encendían, habremos volado quince minutos, cuando apareció un inmenso paisaje y divisamos una hermosa ciudad, todo era blanco; las casas eran de piedra en forma ovalada, con muchos jardines y árboles frutales, la gente se vestía de blanco, todos sonreían felices y otros volaban; no tenían alas, pero volando se trasladaban de un lugar a otro.

Sueño - La Abuela Carmela

Admirada pregunte:

--- ¿Qué lugar es este, abuela?
---Es nuestra ciudad, aquí vivirás con el hombre correcto y nunca morirás, así que elije bien. ¡Vamos! para que conozcas a tu abuelo, mira ahí está.
--- ¡Pero abuela, ese señor es joven como tú!
--- No le digas señor, ¡es tu abuelo Julio!
--- Hola abuelo, ¡me da gusto conocerte!
--- Hola, ¡yo estoy feliz de verte! Eres igual que tu abuela, ven ¡dame un abrazo!

Nos unimos en un tierno abrazo, mi abuelo Julio y yo; luego caminamos sin zapatos abrazados los tres, sobre la grama charlando mucho, sentí hambre, le dije a mi abuela, ellos me invitan a pasar a su hogar, dentro de la casa hay una mesa y sobre la mesa bandejas de piedra blanca con mucha fruta de estación y fruta deshidratada, cogí una ciruela la mordí, es tan dulce ¡Riquísima!

Mientras mis abuelos sonriendo me comentan, que ellos no comen carne, tampoco nada cocido, todo natural o deshidratado. Luego volvimos a salir y le pregunte si yo, podría volar, contestaron que si puedo hacerlo, mi abuela me indica y yo empecé a volar riendo alegremente por un buen rato, luego me despedí de ellos; como regrese…no lo recuerdo. Por la mañana me despertaron unos golpes en la puerta; era Gladis le abrí, invitándola a pasar:

--- Pasa me quedé dormida. ¿Qué hora es?
--- ¿Qué te pasó Mariela? tienes los pies con barro ¿A dónde fuiste anoche?
--- A ningún lado, ¡es verdad… mis pies están de barro! ¡Ah!, ahora recuerdo, fui al jardín sin sandalias, regresé y me quedé dormida, me voy a bañar.

Javier - Novios

Gladis mueve la cabeza, y sale de la habitación, yo quede pensativa, recordando mi sueño. Pero, si era un sueño ¿por qué tengo los pies con barro? Esa pregunta me hice, por un buen rato, concluyendo, que no fue un sueño, fue real. Yo estuve en esa ciudad con mis abuelos. Después me bañe y saliendo, tome un vaso con jugo bebiéndolo.

Vestida me dirigí al trabajo. Ahí me esperaba la señora Elena, con invitados y soy presentada a cada uno de ellos. Así conocí a Javier, y nace una atracción entre los dos, charlamos de diferentes temas también me invito a salir.

Tiempo después, nos hicimos novios. Una tarde de regreso del trabajo, la señora Elena me pide, simplemente le diga Elena. Al principio me costaba, luego se me hizo costumbre. A Elena le gustaba mi relación con Javier. Un sábado fuimos a la hacienda, para presentarle a mi familia.

Por el camino, le hablaba de ellos y de sus costumbres, sólo sonreía, sin contestar. Llegamos presentándolo a mis padres y hermanos, Javier los mira fríamente. Mis padres sienten lo negativo que es y de su actitud. Mi madre, desconfiada, me lleva a la cocina y me pide que no me case con él, pero estoy tan enamorada y un poco resentida le dije que es mi decisión y lo amo mamá. Mi madre, triste, inclina la cabeza y cambia el tema, sugiriendo que yo cocinara, yo le contesto:

]--- No es necesario cocinar mamá, traje comida, está todo listo, solo falta disfrutarlo.

Pido a mis hermanos, bajasen de la camioneta la comida. Hubo un silencio. Tomás mi padre, no pudo evitar el disgusto, pero no dijo nada, solo los observaba. Casi no comieron nada, después, durante el postre, mientras Javier bostezaba de fastidio, se abre la puerta, entra "campeón" el perro de la casa, al ver a Javier, le ladra enseñando los dientes.

Javier se levanta, pide que lo saquen fuera, luego dirigiéndose a mí, me dice para retirarnos. Se despide, sale de la casa y sube a la camioneta. Yo lo sigo; mientras mi familia se desilusiona de mí y Javier.

Poco tiempo después, contraemos matrimonio, pero a mi boda, solo asistieron mis hermanos. Sentí tristeza, pero pronto me paso, ante las atenciones de mi esposo. Después del matrimonio me llevo a vivir a su residencia. Después viajamos a Italia.

Elena, mi madrina de bodas, pensó que seríamos felices. Sin imaginar lo que me esperaba. Luego de dos meses, regresamos; estoy muy contenta, porque compre muchos regalos, para los niños del hogar, para mis padres y hermanos.

Después de dos días de mi llegada de Italia, fui a la hacienda llevando los regalos a mi familia.
Esta vez fui con Franco, al llegar mi madre me esperaba y sin ver los regalos, me dice:

--- ¿Qué te pasa con nosotros Mariela?, ¿acaso tienes vergüenza de ser campesina, o te has llenado de orgullo, igual que ese hombre a quien has elegido como marido?
--- No mamá, lo que pasa es que mi vida es otra, ya no es como antes, entiéndeme y perdóname, pero tengo que irme.
--- Antes no te querías ir; ahora no quieres estar ni un rato; está bien, vete.

Sentí un fuerte dolor en el pecho, y abrazo a mi madre, sin evitar las lágrimas. Luego subí a la camioneta y me aleje. Al llegar a una curva rodeada de árboles, súbitamente se apaga el motor, y en plena tarde escuche voces llamándome... entro en pánico, ¡no podía controlarme! Desesperada me agarro la cabeza y cierro los ojos, pero al abrirlos, Franco me miraba sin saber qué hacer, en la puerta está un hombre bien vestido, con un traje militar español, que me dice:

--- ¿Dónde está lo que me pertenece?, tú lo sabes, ese tesoro es mío, ¡dime!, ¿dónde está?

--- ¡Váyase!, no sé de qué está hablando, yo no sé nada váyase, ¡abuela ayúdame por favor, abuela!

Luego del llamado a mi abuela, la camioneta empezó a moverse de un lado a otro, como si alguien la zarandeara, para volcarla.

Franco, mira a todos lados y lo que ve, es un grupo de soldados, tratando de voltear la camioneta. Nuevamente llamo a mi abuela y gritando me abrazo a Franco sin mirar. Ellos dejan de empujar la camioneta y todo queda en silencio. Levanto la cabeza, miro a todos lados y veo a una jovencita que, levantando el brazo, me saluda desde lejos. Franco enciende el motor alejándonos del lugar, dejando una cortina de polvo. Durante el regreso, recibo muchos concejos de Franco. Llego a mi casa cuando ya la noche cubre la ciudad.

Javier me espera en la sala, enojado por mi tardanza. Muy nerviosa le doy un abrazo, pero me rechaza. Llorosa subo a mi habitación, Javier me sigue y me prohíbe volver a la hacienda. Entro a mi habitación cerrando la puerta. Javier, enfurecido golpea la puerta, entro en pánico, jamás imaginé que el hombre que tanto amo, me tratara así.

Javier, cansado de gritar, patea la puerta, sale de la casa rumbo a un club nocturno. Rosa, asustada toca la puerta de mi habitación, solloza y muy asustada, le abro la puerta, y pregunto por Javier. Rosa me dice, que salió de la casa y que no volverá hasta el día siguiente.

Dejo entrar a Rosa y le pregunto sobre el pasado de Javier. Rosa me comenta lo que hacía con su primera esposa, hasta que ésta apareció muerta en el jardín y nadie supo, qué había ocurrido. Todos dijeron que había sufrido un paro cardiaco. También me dijo que Javier había prohibido hablar de ella. Ya no quiso seguir hablando y se retira de la habitación.

En ese momento, mil preguntas poblaban mi mente, y decido investigar, quién es en realidad Javier y qué oculta.

Esa noche llamo a mi abuela, pero esta no acude a mi llamado, triste, me baño y bajo a la cocina donde se encuentra Tomasa, quien se acerca y tomándome las manos me dice:

--- Pero, veo que volvió a ser el mismo. Tienes que ser fuerte y no te dejes golpear; él está acostumbrado a golpear y no dejar salir. Te encerrará y te prohibirá tener amistades.
--- ¿Por qué nadie me dijo nada? ¡Yo no permitiré que me maltrate!, apenas vuelva, voy a conversar con él y no se preocupen, no las voy a delatar. Gracias por informarme sobre la vida de Javier.

Me acerco al refrigerador, me sirvo un vaso de leche y sonriendo pregunto a Tomasa:

--- Dime Tomasa ¿En qué parte del jardín encontraron el cuerpo de Lidia?
--- ¿Para qué quiere que le enseñe señora?
--- Quiero ver, eso es todo. Llévame a ese lugar por favor.
--- No señora, nos han prohibido ir a esa parte de la casa.
--- Solo muéstrame el lugar, nada más.
---Tengo miedo señora, pero le enseñaré de lejos y tenga mucho cuidado, vamos.

Tomasa me lleva al jardín y de lejos me señala el lugar, rodeado de muchos árboles y está bien cuidado, mientras me acerco sentí frio, llego y vi un círculo de flores. De pronto, sentí mucha tristeza, resbalando lágrimas por mis mejillas. Después, volví a mi habitación. Antes de acostarme asegure bien la puerta y las ventanas… así quedé profundamente dormida.

Al medio día abrí los ojos. Al ver que el sol entra por la ventana, me levantó rápido, me bañó y Salí rumbo a la casa hogar. Pero, cuando me dirigía a la salida de mi casa, en la puerta esperaba Javier y antes de salir, se me acerca, con un gesto de arrepentimiento, pidiéndome perdón, me toma por la cintura y besa mi frente; yo, enamorada, lo abrazo olvidando lo ocurrido, luego le digo que voy a la casa hogar. Me despido y salgo de casa.

Al llegar a la casa hogar, vi a Franco, que también había ido a ver a los niños. Al verme, me abraza fuertemente y me dice:

--- Me enteré que te has casado. ¿Por qué no te casaste conmigo? ¿Dime Mariela?
--- Porque no estoy enamorada de ti. Te quiero como a un hermano; eso eres y eso serás para mí, comprende... tú tienes derecho a formar una familia.
--- Está bien, dentro de unos días me iré a los Estados Unidos y no volveré; trataré de olvidarte.
--- Me duele no corresponderte; será mejor no vernos más. Sé feliz Franco, te quiero mucho... adiós.

Sin pronunciar palabra, me dirijo al patio donde juegan los niños y me quedo con ellos, hasta la noche. Después regreso a casa y Javier me recibe con un ramo de flores, me lleva a la habitación y entre caricias y besos, nos sumergimos en pasión. Luego de unos meses, Javier se va de viaje. Aprovecho, para sacar una cita con el médico, no me siento bien, después de unos exámenes, me informan mi embarazo.

Han pasado dos meses, del viaje de Javier, y una noche, regresa trayendo regalos para mí, lo recibo amorosa, pero la actitud de él es muy fría e indiferente, solo me da un beso en la frente. Durante la cena, le informo de mi embarazo, se pone contento, luego se pone serio me dice:

--- Mi amor, es mejor que duerma en la otra habitación, así estarás más cómoda.
--- Pero yo quiero que te quedes en nuestra recamara Javier.
--- Ya te he dicho que no, es por tu bien y no se hable más. Descansa, yo estoy cansado.

Desde esa noche, Javier no volvió a entrar a la habitación matrimonial, apenas nos veíamos. Una mañana llega Javier trasnochado, le reprocho su actitud y responde él responde con una bofetada, luego me empuja fuertemente cayendo al piso. Tomasa, al escuchar la discusión, corre a la sala, ahí me ve tirada en el piso, sangrando por los labios, me ayuda a levantar y a sentarme.

Por su parte, Javier sale de casa tirando un portazo. Tomasa me lleva a una clínica cercana, para que me curen la herida me vean los dientes que sangraban; luego de examinarme y curarme, el médico me recomienda que denuncie a Javier.

Nos retiramos y no denuncie a Javier. Esa noche, no regresa a casa Javier. Pasados tres días, él regresa con un ramo de flores, y de nuevo me pide perdón.

Nuevamente lo perdono, pero esa noche, al retirarme a mi habitación, veo sentada en mi cama a una mujer muy bella, sonriéndome con infinita tristeza, yo le pregunto:

--- ¿Quién es usted?, ¿Por dónde entró?
--- No te asustes… soy una de las esposas de Javier.
--- ¿Qué?, ¿una de sus esposas?, ¡que dice!
--- Sí, soy Lidia. Sé, cómo te trata Javier; a mí él, me trataba así, hasta que me mató a golpes.
--- ¡No puede ser!, ¡Lidia está muerta!
--- Sí, estoy muerta es cierto. Solo tú puedes verme y no quiero que él termine asesinándote como a mí.
---Dices ¿qué te mató a golpes Lidia?
--- Sí, después que encontraron mi cuerpo tirado en el jardín, él dijo a la policía que me había caído por la ventana y que estaba mal de la cabeza. Ellos le creyeron y yo no puedo descansar en paz.
--- ¿Qué puedo hacer yo, para desenmascararlo?
--- Baja al sótano de la casa… ahí enterró a Martha, su segunda esposa. No vayas sola, llévate a Tomasa, ella te ayudará.
--- Pero ¡en qué lugar está enterrada!

Sin contestar, Lidia desaparece. Al día siguiente por la mañana, Salí de mi casa en busca de Elena y le cuento lo sucedido.

Elena, enojada, me pide que denuncie a Javier, pero, me detiene y me dice que espere, hasta tener evidencia y decide ayudarme, a encontrar el cuerpo de la segunda esposa desaparecida de Javier.

Elena, preocupada por mi hijo y por mí, me pide que viva con ella, pero le suplico que me deje estar un tiempo más, hasta descubrirlo todo. Después de esa charla, nos dirigimos a la casa hogar, para ver a los niños. Mientras, una sombra de preocupación florece en el rostro de Elena, pues sabe que corremos peligro y teme que ocurra una desgracia.

Cuatro días después, Javier se va a uno de sus viajes de negocios. Por la tarde de ese mismo día, bajamos al sótano de la casa, Tomasa y yo.

Con mucho cuidado, bajamos al sótano, revisando en varias habitaciones, cuando escucho una voz que me dice:

--- Busca en la habitación lila, al lado de la pared del baño.

Tomasa y yo, entramos en la habitación; nos acercamos a la pared del baño y con una punta y un martillo cada una, empezamos a romper la pared. Tomasa me pregunta:

--- ¿Qué estamos buscando señora?
--- Ayúdame a romper la pared y no preguntes.

Picamos diez centímetros del techo hacia abajo; cuando apareció cabello, dejamos de picar. Horrorizadas salimos del sótano y llame a Elena, quien acude inmediatamente, con la policía; llegan y me interrogan, luego a Elena y Tomasa.

Después bajaron al sótano y la policía ordena romper la pared, quedando al descubierto el cadáver de Martha, la esposa desaparecida de Javier. Tomasa, al ver el cadáver y la ropa que tenía puesta, lanzó un grito aterrador y cayó al piso.

Con rapidez la llevan afuera del sótano y le prestan ayuda. Mientras tanto, sacan el cadáver llevándoselo para las investigaciones del caso.

Posteriormente, me llaman, también a Tomasa y Elena, a hacer nuestro descargo, me preguntan, cómo me entere de dónde estaba enterrada la mujer de Javier, les comente que veo y converso con los muertos, pero las autoridades no creen en mi versión, de poder ver y conversar con los muertos, quedando en observación.

Tomasa declara a la policía sobre el maltrato que Javier daba a sus esposas y que el día que Martha desapareció, Javier la había golpeado y, cuando ella fue a defenderla, él la amenazó con despedirla si seguía interviniendo en los problemas de sus patrones. Al día siguiente, Javier le dijo que su patrona se había ido de la casa, y que había puesto la denuncia por su desaparición.

La policía dejó ir a Tomasa y a Elena ordenando a Elena, que me lleve a un siquiatra para que me tratara dejándonos libres.

Pasa un mes y Javier no regresa ni llama, pero los investigadores, encuentran evidencias en las uñas de la occisa, además descubren que la difunta estaba embarazada y proceden a la captura de Javier.

Elena me lleva a su casa también a Tomasa y Rosa, que están muy asustadas y temerosas por la venganza de Javier.

Una tarde regresa Javier, ignorando que es vigilado, apenas entra a la casa, lo detienen y se lo llevan. Lo procesan y lo condenan a treinta años. Dos meses después, nace mi bebé, llamándolo Ángel.

Pasan dos meses, y lo llevo a casa de mis padres, para que lo conozcan, mi madre le regala un carnero, pero no lo puedo llevar, dejándolo al cuidado de mi sobrina. Cuando mi hijo cumple ocho meses sufre una neumonía muy fuerte, falleciendo en mis brazos; me sentí morir, por el dolor que siento, Elena hace los arreglos, para velarlo, llegan mi familia y amistades, al día siguiente, lo sepultamos.

Semanas después, empiezo mi labor social al lado de Elena y sigo mis estudios. Una vez por semana, visito a mi hijo, llevándole azucenas a su morada. Una tarde, después de cenar, converso con

Elena, para la construcción de un colegio, para los niños y jóvenes huérfanos y en extrema pobreza. Después de esa charla, hicimos los trámites para la venta de mi casa donde viví con Javier.

Dejo a mi abogado proceder; después de un tiempo, decido ir a la casa de mis padres al campo, dejando mis estudios, con el dinero, que tengo en el banco, compro un terreno grande, para mis hermanos, en Surco.

Persuado a mis padres la intención de mudarlos; pero ellos no quieren cambiar de lugar. Respetando sus deseos, me quedo con ellos un buen tiempo, ayudándolos en todo, envié a modificar la casa de mis padres, ampliaron los corrales de los animales, mientras, ayudo a los campesinos, con los trabajos en la chacra. Los meses pasan rápido, la casa de mis padres queda muy bonita, con habitaciones para todos y las comodidades para mi madre.

Con los trabajos que realizo, mis manos se llenaron de callos, mi cabello se marchito un poco, pero soy feliz, y muy alegre saltaba como una cabra, sentía el amor de toda mi gente. Una mañana Salí al campo a cosechar algodón, es fácil, solo que hay que cuidarse de las culebras, las lagartijas, no hacen daño. Al terminar la jornada, me despido de todos, alegremente camino por el camino de regreso a casa, con mi manta en la espalda, mi mandil y mi sombrero, que el viento quería arrancar.

Iba por el camino lleno de polvo, comiendo una guayaba, cuando delante de mí, un perrito blanco, muy bonito, se apareció, Sonriendo lo levante, acariciándolo, mirando a todos lados para ver si su dueño estaba por ahí, no vi a nadie y lo envolví con mi mandil. De repente caigo al piso por el peso del perro, abro el mandil, para ver por qué se mueve tanto y lo que veo en mi mandil, hace que me levante de golpe, son muchos sapos brillando. ¡Asustada deje caer los sapos!, corrí y no pare hasta llegar a casa. Me detuve para respirar, luego entro buscando a mi madre:

--- ¡Ay muchacha, era tu suerte y lo tiraste!
--- ¿Mi suerte?, ¡Se estaban moviendo y me asusté mucho mamá!
--- ¿Sabes?, has vuelto a ser mi muchachita de siempre ¡y lo que tiraste era oro! y era para ti. Dicen que solo se aparece a las personas que no son ambiciosas, así como tú. Anda cámbiate, ¡mira cómo estás!, llena de polvo. Se te va a malograr tu cabello tan bonito que tienes.
--- Voy a bañarme, gracias mamá, te quiero mucho.
--- Yo también hija.

Entro a mi habitación pensativa, aún pesaba mi mandil, meto las manos en mis bolsillos y saco muchas monedas de oro y di un grito llamando a mi madre:

--- ¡Mamá, mamá!
--- ¿Qué te pasa ahora?
--- ¡Mira lo que tengo… monedas de oro!
--- Pero, ¿no dices que los tiraste? ¿Cómo apareció en tus bolsillos?
--- ¡No sé mamá, y hay más, mira!
--- Seguramente cuando tiraste los sapos, algunos se metieron en tus bolsillos; ¡es tu suerte Mariela!, pero no le digas a nadie esto; dicen que no es bueno contarlo.
--- ¿Por qué mamá?
--- Porque la suerte se te va por la ambición de otros.
--- No diré a nadie.
--- Ni a tu papá de esto. Y tú cállate y utiliza bien ese dinero.
--- Son muchas monedas, las guardaré bien. Uno nunca sabe en qué momento será necesario.
--- Gracias mamá, pero pensándolo bien, mejor guárdalas tú.
--- Está bien, dámelas, yo tengo un lugar dónde guardarlas.

Mientras mi madre guardaba las monedas de oro; entro a la ducha a bañarme, mientras unas lágrimas corren por mis mejillas…, mis manos tienen callos y están muy descuidadas; sentí melancolía por mí misma. Pero, el hacer el bien a otras personas me hacía feliz. Cada fin de semana llevaba en mi camioneta carne y verduras, frutas de la chacra para la casa hogar.

Ahí veía a mis niños que crecían; ya no eran tan niños.

Una tarde, en la casa hogar, Elena se acerca y toma mis manos, tan maltratada y me dice:

--- Nos retiramos de la casa hogar yendo a comer a casa de Elena.

Al verme llegar, todos corrieron a saludarme y entre charlas y más charlas no, nos dimos cuenta de la hora, retirándonos a descansar.

Por la mañana, muy temprano, salí sin despedirme, yendo de compras. Luego, me dirigí a la casa de mis padres, llevando víveres y dulces, para todos en el campo.

Me quedé tres meses, me sentía muy bien con mis padres mis hermanos y amigos; ayudándolos en sus tareas. Los meses pasan muy rápido. Por eso cuando anuncio mi regreso a la ciudad; me hacen una despedida muy acogedora, me regalan artesanía hechas por ellos mismos.

Al día siguiente me despido de mis padres y hermanos y regreso con Elena. Una vez allá, Elena me lleva a un salón de belleza y me dejan muy bien, lista para empezar de nuevo.

Después de tres años, me entero que Javier había fallecido en la cárcel. Lo habían asesinado en una pelea de convictos. A pesar de todo, sentí pena por él. La familia de Javier me busca, para pedirme perdón, por la actitud de Javier, luego, me hacen entrega de todos los bienes de Javier, mi abogado se hace cargo y la familia regresa al extranjero.

Luego de algunos meses, me llama el abogado y recibo una gran herencia, donándolo todo a la casa hogar, sigo trabajando en la oficina de Elena asociándome con ella.

Por un buen tiempo, deje de tener visiones y mis sueños, ya no me perseguían, los espíritus no me buscaban. ¿Qué sucedía con los dones que yo poseía?

Pasaron los años y no era feliz. Por las noches lloraba hasta quedar profundamente dormida. Despertaba por la mañana y muy alegre me miraba al espejo, soltando mi hermosa cabellera negra, que cubría mi espalda, como si fuera un manto de seda.

Una tarde, estaciono mi camioneta frente de un restaurante y bajo a comer. Me siento, haciendo el pedido, el mozo se retira. Cuando levanto la mirada, me encuentro con unos ojos hermosos, que me miran con un brillo especial en ellos… eran los ojos de un caballero muy atractivo, lentamente se levanta, dirigiéndose a mi mesa.

y me dice:

--- Perdón por el atrevimiento, pero es usted la mujer que he visto en mis sueños.
--- Sí, y usted es el joven de mis sueños desde que era niña.
--- ¿Puedo sentarme?
--- Si, siéntese.
--- ¿Cómo te llamas?
--- Mariela, ¿y tú?
--- David; me llamo David. No te puedes imaginar, cómo he esperado este momento. Permite que tome tus manos, por favor.

Ofrecí mis manos y al sentirlas, ambos sentimos una gran energía, que nos envolvía; nos soltamos las manos y salimos a la calle, sin antes dejar cancelado el pedido; caminamos hacia el parque. Mientras la felicidad, nacía con fuerza en nuestros corazones…¡era, como si nos conociéramos de toda la vida!

Llegamos al parque, nos sentamos, entrelazando nuestras manos. Cerrando los ojos, tuvimos una visión de aquella ciudad maravillosa con dos niños junto a nosotros. Apretamos nuestras manos abriendo los ojos, mientras las lágrimas corrían por nuestras mejillas. Nos pusimos de pie fundiéndonos en un tierno abrazo. Después, compartimos nuestras vivencias, antes de conocernos.

Después de una larga charla, lo llevo a conocer a Elena, ella lo recibe con buen ánimo, después de unos días lo presento a mis amigos, quedan encantados con él. Cada vez que nuestras miradas se cruzaban, brillaban con esa luz que solo tienen los seres que llegan a sentir amor de verdad. Desde la niñez lo sentíamos y no perdimos la esperanza de encontrarnos, el uno con el otro.

Hoy la felicidad llego a nuestras vidas, los dos tenemos las alas rotas; llenas de heridas sangrantes, que nadie pudo curar, al conocernos, nuestras heridas empiezan a cicatrizar, con ternura, paciencia, confianza, mucho amor , nuestras plumas nuevamente florecerán y nuestras alas se fortalecerán, quedando listas para emprender el vuelo.

Al siguiente día, muy temprano, llevo a David a casa de mis padres. Mis hermanos al verlo, quedan sorprendidos es el mismo joven de quien les había descrito. Mi madre también se sorprendió. Lo saludaron y poco después llegó mi padre; traía una canasta de huevos rosados; los presenté quedando una buena energía entre los dos. Lo saludó y con toda confianza, se lo lleva al corral para enseñarle sus animales y a la vez contarle historias de la hacienda y las ruinas.

Charlaron por casi dos horas, siendo interrumpidos por mi voz:

--- ¡Qué rápido se hicieron amigos!, vamos a almorzar, que mamá preparó algo rico… te va a gustar mi amor, ¿verdad papá?
--- Es verdad, hija, mi vieja nadie le gana en cocinar, te felicito hija, por fin conociste a un joven bueno; no como aquel orgulloso y soberbio que trajiste hace unos años.
--- ¡Papá, olvida esos tiempos horribles!… ya pasó.
--- Tiene razón Mariela, lo pasado es pasado, vivamos el presente; y el presente es que me voy a casar con su hija…, a eso vine; a pedir su mano.
--- Está bien, sí te la doy; pero antes vamos a comer que tengo hambre.
--- Ja, ja, ja, ja… si papá vamos.

David fue atendido muy bien por mi familia. Cuando terminábamos el almuerzo, llega Elena con los huérfanos de la casa hogar, con el deseo de conocer a mis padres y mis hermanos. Bajaron muchas cosas que habían llevado para comer. Mi madre al verlos, los abrazó a todos y le dijo a Elena:

--- Gracias, es mucha comida y aquí se cocina rico; les serviré aunque sea un poquito para cada uno.
--- No se preocupe, hay bastante comida aquí.
--- Pero no es como yo cocino.
--- Está bien, le ayudaremos.

Mi madre acostumbraba cocinar en las ollas grandes que tiene, más aún, si llegaban visitas. Todos ayudan y se olvidan de la comida que habían traído. Entonces Elena dice:

--- Mariela, estamos aquí para celebrar tu pedida de mano, todos te queremos y deseamos verte feliz.

Cuando terminó de hablar, llega su camioneta con Juan, Benita y Gladis, que traían más comida y muchos dulces. Luego, llenos de alegría ayudaron a sacar las bancas al patio.

Mientras mi hermano y papá, matan dos carneros en el corral, Francisco prepara la leña para asarlos. Mientras esperaban, los chicos del hogar tocan la guitarra cantando muchos temas musicales. Las horas pasan rápido, cocida la carne, un grupo ayuda a servir, saboreando la carne asada. Pronto se hiso de noche, encendimos lámparas que llevamos. También sacamos la comida de las dos camionetas.

Al abrirla, nos dimos cuenta que era mucha comida, le dije a Francisco que repartiera, entre los vecinos para que ellos también sintieran mi alegría. Nos quedamos todos hasta el día siguiente.

Al día siguiente muy temprano, nos despedimos y regresamos a casa de Elena. Después empezamos los preparativos de la boda y cuando estaba todo listo, llega Franco de los Estados Unidos a visitarme, toca el timbre Benita lo recibe, poniéndolo al tanto de los acontecimientos y de mi matrimonio, con un hombre maravilloso.

Sorprendido pide a Benita, llamarme, Benita sale al jardín en mi busca y tomándome de la mano, me lleva al encuentro de Franco, quien al verme, no disimula su sentir, no me había cambiado, me encontraba en bata, con mi cabellera suelta, mientras el viento jugaba con ella. Se acerca a mí depositando un beso en mi mejilla y un fuerte abrazo, mientras le digo:

--- Gracias por venir a mi boda. Encontré al hombre de mis sueños… ¡es maravilloso!
--- Pero yo vine a pedirte, que te casaras conmigo y otra vez llegué tarde.
--- No te sientas mal, Franco. ¡Se feliz… yo siempre voy a ser tu amiga!
--- Al menos déjame ser tu padrino.
--- Elena y Luis lo serán.

Apenas había terminado de hablar cuando apareció Sandra; Franco al verla, no la reconoció, pero ella se adelantó a saludarlo.

--- ¡Hola Franco, regresaste guapísimo!
--- ¡Sandra! no te reconocí, ¡cuánto creciste… y qué bonita estás!

Sonriendo, me dije a mi misma. Ellos dos, serán felices.

--- Sandra, por favor atiende a Franco. Yo tengo que salir a probarme el vestido de novia. Vuelvo por la noche, ¡chau! Te dejo en buenas manos Franco.
--- ¡Si claro! ¿Puedo invitarte a comer Sandra?
--- ¡Si vamos!

Franco quedó impactado con la belleza de mi hermana Sandra. Sonriendo, me retiro a cambiarme. En esa pequeña visión, vi a franco y mi hermana como esposos. Estoy muy contenta por ello, porque Franco es un hombre bueno y merece ser feliz.

Los días pasan pronto y llega el día esperado…mi boda. Mientras me vestían tuve una visión; vi a mis futuros hijos, que me miraban con amor y sonreían, junto a mi abuela y mi abuelo. Resbalaron lágrimas por mis mejillas, perdiéndose en la seda de mi vestido. Ya lista, Salí rumbo al altar, al encuentro con el hombre de mis sueños. En la capilla de la hacienda me esperaba David y toda la gente que me quería y era mucha.

Los niños de los campesinos, tiraban pétalos de flores silvestres por todo el camino. En la cancha de futbol, se colocaron bancas al derredor y al otro extremo, muchas mesas, con diferentes potajes… la carne ya estaba siendo cocida, la riquísima pachamanca. (Plato tradicional del centro del Perú)

Al llegar a la capilla, David me espera sonriente, en la puerta. Él veste un terno blanco, quitándose el sombrero, me recibe con reverencia. Yo, llevo una pequeña corona de flores silvestres, sujetado a mis cabellos sueltos, un vestido sencillo color amarillo patito, caminamos tomados de las manos, hacia el altar.

Al llegar y voltear, vimos entre los invitados a muchos espíritus, que nos acompañan en este día, especial para nosotros, el tiempo se detuvo, fuimos llevados a otra dimensión, donde obtuvimos la bendición eterna. Una hora después, nos encontrábamos saliendo de la pequeña capilla, nadie se dio cuenta de lo sucedido, todo continúo con la tradición de muchos.

Ya en la puerta nos miramos con amor y corrimos a la canchita de futbol, seguidos por todos los invitados. Llegamos al centro y todos los niños de la hacienda, nos bañan con flores silvestres de colores, muy alegres, los demás invitados, se acercan con canastas de frutas, pan y huevos. Levanto mis brazos, tratando de que se calmaran un poco; luego pido a todas las solteras, divorciadas, ponerse en un grupo y lanzo varios ramilletes de flores que habían dejado en una mesa, al lado de ella y David, a su vez, arroja cinco sombreros a los varones.

Después de esto, bailamos un huayno; luego brindamos con un buen vino, luego nos dirigimos a cortar el primer trozo de carne, que estaba en la parrilla, asándose, invitando a todos a cortar y llevar la parte que desearan. Los regalos que habíamos recibido, estaban muy inquietos, me acerco a mi hermano Carlos y le digo que los lleven a un corral de la hacienda, con la ayuda de los amigos, los encierran, hay muchos animales habían vacas, chanchos, gallinas, cuyes, conejos y carneros. Después serían llevados a la casa hogar, así como el pan y fruta.

Dejamos de preocuparnos, e invitamos a bailar a todos los invitados, al compás de la orquesta. Mientras, Sandra y Franco anunciaban su noviazgo brindamos por su felicidad.

Fue día y noche inolvidables. Al amanecer, nos retiramos a una cabaña a orillas del mar.

Bajamos de la camioneta y en la puerta nos esperaba una gigantesca tortuga. David me levanta en sus fuertes brazos, sentándome encima de la tortuga, entre risas, empezamos a caminar con lentitud, mientras David, por cada paso que daba la tortuga, depositaba un beso en mis labios; demostrando la paciencia, el amor, la admiración que sentimos los dos.

Después de un buen rato, llegamos a la puerta, me levanta en sus brazos, entrando en la cabaña, depositándome con suavidad encima de una alfombra de piel de vicuña. Afuera la luna sonriente invita a las estrellas a unirse y a brillar más. David, con suavidad y ternura me desviste, lo mismo hago yo, con él. Luego entramos a ducharnos los dos, mientras ambos lavamos nuestros cuerpos, sin dejar de sonreír. Luego, él seca mi piel con una toalla, yo hago lo mismo, mientras una energía nos envuelve, escuchamos la voz de dos niños, llamándonos:

--- ¡Papá, Mamá!, pronto estaremos con ustedes.

Miramos a nuestro entorno, buscándolos, viendo dos luces salir por la ventana. Lágrimas de emoción rodaron por nuestras mejillas, mirándonos y con suaves caricias, nos entregamos él y yo.

Al otro día, al despertar, seguimos amándonos. Al medio día, me puse una bata y salí conocer la cabaña, dirigiéndome al patio interior; ahí me esperaba mi amado, David, con un vaso de jugo y una canasta de pan casero y frutas. Al ver todo eso le pregunto:

--- ¿De dónde sacaste todo eso mi amor?
--- De la camioneta… escuché el ruido de un motor y salí; vi un auto que se alejaba. Seguramente Elena nos lo mandó bajémoslo.
--- Espérate mi cielito, no me diste un beso.
--- Tómalo, no uno sino muchos, gracias por esperarme.
--- Gracias a ti por darme tu amor, ¡te amo, te amo mucho!, ahora si vamos a ver qué más nos mandaron.

Tomados de la mano nos acercamos a la camioneta, lo abrimos y sacamos una canasta con carne asada, choclos, papas, camotes, ají, agua, chicha de jora, vino, más fruta seca y otras cosas más. Bajamos todo y vimos que algo se movía en el asiento.

Estaba tapado con una manta. Me acerco despacito quito la manta y aparece un hermoso gatito blanco; nos mira con sus enormes ojos azules, muy asustado. En su cuello lleva una cinta amarilla con una tarjeta que decía: "disfruten de todo esto, felicidades"

Sonriendo con ganas, regresamos a la cabaña con el gatito y todo lo enviado, luego empezamos a disfrutar de la comida que nos enviaron. Los demás días nos dedicamos a profundizar y a concentrarnos en los dones que ambos tenemos. Un día antes de marcharnos, tuvimos un sueño, en el cual nos vimos con dos niños, un varón y una niña; son nuestros hijos, luego a nuestros hijos adultos y vimos también, nuestra muerte, velorio, nuestro entierro;
también vimos a nuestra materia, salir del ataúd en forma de neblina blanca, materializándose en seres con poder, para seguir el camino a la ciudad blanca. También sabíamos, que nuestros dos hijos nacerían con los mismos dones que nosotros.

Terminada nuestra luna de miel, regresamos al centro de Lima y abrimos un negocio de tejidos de alpaca. Luego busqué un terreno fuera de la ciudad, enviando a construir una casa hogar.

Cuando terminaron la construcción, fui con David a verla; yo, ya estaba embarazada de nueve meses. Al llegar, mi bebe en mi vientre, empezó a moverse, lo acaricio, mientras aprecio los jardines; son hermosos. Hacia el fondo, al pie de una pequeña roca, hay una cascada de aguas cristalinas y muchos árboles.

David entra a la casa yo camino con dirección a la cascada con paso firme, me detengo sentándome en una piedra y mientras juego con el agua, escucho las risas de niños.

Levanto la cabeza y entre los árboles veo corriendo a muchos niños; todos están vestidos con pantalones cortos, sombreros sobre sus cabezas y camisa a cuadros; todos visten igual. Al verla, los niños se acercan, se ponen en fila y le dicen:

--- Gracias por venir y construir esa hermosa casa, nosotros, no pudimos vivir así, pero sabemos que esos niños estarán mejor que nosotros, porque tienen su ángel que los protege.

A nosotros nos maltrataban y muchos morimos ahogados, al intentar escapar. Los demás murieron de hambre... por favor, danos sepultura, no nos dejes así, queremos descansar:

--- No se preocupen, enviaré a rescatarlos, podrán descansar tranquilos, yo los ayudaré, se los prometo.

Apenas había terminado de hablar, cuando escucho la voz de David llamándome, él se acerca y mirando a los niños junto a mí, se conmueve y escucha el pedido de esos espíritus, que en vida no pudieron ser felices.

Me abraza, mientras corrían lágrimas por nuestras mejillas, nos despedimos de los niños y desaparecen entre los árboles. David abrazándome, regresamos a la casa.

Al llegar, reviso la construcción por dentro y luego, fuimos a poner una denuncia sobre lo sucedido a los niños del orfanato. Al principio mis palabras no le daban credibilidad las autoridades, pero, cuando intervino Elena, fueron a buscar en el lago pantanoso que se encontraba cerca de la casa hogar.

Llegaron al lugar y al buscar en el sitio mencionado, encontraron restos de niños y pequeños sombreros. Recogieron las evidencias y averiguaron de quiénes se trataban.

A pedido de Elena, se dirigieron a la vieja casa que quedaba cerca del lago, buscaron guiados por mí y encontraron más cadáveres infantiles. Elena y yo, no podíamos contener el llanto; nos quebramos.

Me se puso mal y Elena me lleva a la clínica y llama a David... los dolores cada vez son más fuertes y comienza el trabajo de parto. Cuando llega David, me encuentra con nuestro bebé en brazos, es hermoso; Elena sale de la habitación quedando los tres, en una trasmisión de energía. Luego besamos a nuestro bebe. Entra la enfermera y toma al niño para llevarlo a su cuna. Enseguida entra mi madre con mis hermanos y me abrazan.

Tres días después, me dan el alta en la clínica Elena nos invita a su casa, donde me prodigan buenos cuidados a los tres. Los amigos al enterarse del nacimiento de mi bebe, nos envían muchos regalos; afuera en el jardín, había muchos animales, ordeno llevarlos a la casa hogar y pido, se construyan corrales, para los animales, donde se enseñe a los niños cómo atenderlos y quererlos.

Después de un mes, visito la casa hogar, sin llevar a mi niño; me acerco a la fuente, y toco con mis dedos el agua y entre los árboles aparecen los niños. Esta vez todos están vestidos de blanco y en sus caritas se ve la felicidad. Sonrientes se acercan a mí rodeándome entonando una canción que tarareo con ellos, después elevándose desaparecen sonrientes, mientras les sigo con la mirada.

Camino hacia los corrales, mientras un profundo suspiro, brota en mí. Vi lo construido para los animalitos que tanto quiero, estoy tan concentrada, que no escuché a los niños que se acercan corriendo hacia mí. Al sentir sus pequeñas manos volví a la realidad me faltaron brazos para abrazarlos a todos.

Contenta los llevo a la camioneta, entregándoles muchos dulces y pasteles que había llevado y con la ayuda de Luz, Carmen y Liza, quienes son unas señoritas, llevaron a la casa, todo lo que había llevado para los niños, que sin conocerme me aman.

Después de entregar los dulces, los niños regresan para despedirse de mí, luego entran a la casa. Me acerco a las jóvenes, que ven en mí a una madre y les regalo unos vestidos. Entonces las incentiva para que tengan una carrera profesional; ellas aceptan y dicen, que estudiarán para maestras, sonriendo abrazándolas me despido.

Pasan los meses y llega el cumpleaños de Luis David hacemos los preparativos celebrándolo. Cuando mi hijo cumple dos años, quedo embarazada con riesgo de aborto, paso muchas horas sentada o echada en mi cama, para conservar bien a mi bebé. Dejo la casa hogar a cargo de Elena.

Una tarde, llega mi madre y hermanos a visitarme adelantándose, Sandra me pide que sea su madrina de matrimonio, sonriendo acepto abrazándola fuertemente le digo:

--- Me alegra que por fin contraigas matrimonio con Franco. Él es un buen muchacho y te hará feliz… los dos se lo merecen.
--- Gracias Mariela y te pido perdón porque, en algún momento sentí celos de ti.
--- No te preocupes, no hay nada que perdonar, bueno a comenzar con los trámites.
--- Eso ya está hecho, nos casaremos en quince días.
--- ¡Qué bueno!, ¿no te enojas si voy en silla de ruedas?, tú sabes que no puedo estar mucho tiempo de pie.

--- Lo sé y lo importante, es tu presencia. Te quiero hermanita. Me voy ¡chau mami, chau Mariela!, tengo que hacer unos trámites.
--- No olvides que el vestido de novia te lo regalo yo. — Gracias, hermana, te quiero mucho.

Alegre, corre como una niña hacia la calle, mientras llevo a mi madre y mis hermanos al jardín de la casa. Carlos empuja la silla de ruedas donde estoy sentada. De pronto, siento mareos, sobándome con los dedos la cabeza, pido agua y llaman a Benita que rápidamente llega con el vaso de agua y ven en trance. Todos se quedan mirándome, estoy con la mirada fija en los árboles, mientras mis ojos se llenan de lágrimas. Ahí se encuentra mi abuela, sonriente, mirándome con ternura, luego desaparece.

Mi madre se acerca y me pregunta:

--- ¿A quién has visto Mariela?
--- Era mi abuela, vino a verme un ratito; llévame por favor a mi cuarto, quiero descansar, ¡vamos mamá!
--- Si hija, ¡como quisiera ver como tú a mi madre!, en fin.
--- No te aflijas mamá, ella está bien.

Me llevan a mi habitación y me recuestan en la cama. Pido estar sola y cerrando los ojos me sumerjo en un profundo sueño. Viéndome a mí misma en mi funeral y a mi compañero a mi lado. Veo a mi hijo ya hombre, mirándome, dentro del ataúd, sonriente me mira con ternura.

Después veo cómo bajan los ataúdes hasta lo más profundo de la tierra. A un lado muchos niños cantan las canciones que yo les enseño. Hay mucha gente y mucho llanto, pero mis dos hijos no lloran; ellos sonríen felices. Después de un buen rato, todos se retiran, menos mis hijos, quienes levantando las manos se concentran y cierran los ojos.

Así permanecen por largo rato, luego abren los ojos y ven una especie de nube blanca materializarse, luego mi figura y la de David aparecen, vestidos de Blanco, sonrientes abrazamos a nuestros hijos, luego, nos sujetamos de las manos mi esposo y yo… ascendiendo al infinito. Despierto, me siento en la cama, mientras acaricio a mi bebé diciéndole:

--- Eres uno de nosotros, estarás bien, pero no te será fácil vivir sin sentir dolor.

Reflexionando quedo por un momento y suspirando me levanto y camino, hacia la cocina. Benita, al verme me dice:

--- Mariela, ¿qué haces de pie… te sientes bien?
--- Sí, me siento mejor que nunca; creo que voy a ir al matrimonio sin la silla de ruedas. ¿Mi mamá se fue a descansar?
--- Sí, ya está bastante mayor y cansadita.
--- Tienes razón Benita, la voy a traer con frecuencia para acá. Hablaré con mi padre, ¿qué me dirá? mañana iré a ver a mis niños los extraño mucho.
--- Eres muy buena, Dios te bendice por ser así.

Sonriendo a Benita, nos quedamos un buen rato charlando. Al día siguiente me levanto temprano, mientras mi madre Francisca, pide a David que la lleve al campo. Yo trato de detenerla, suplicando, se quedara, unos días más, pero mi madre insiste en irse al lado de mi padre. Entristecida bajo la cabeza luego, me levanto de la mesa, pero en ese momento, entra mi hermana Sandra sonriente de la mano de Franco; cuando los veo, sufro un desmayo.

Benita se encuentra cerca de mí, sosteniéndome; me llevan a mi dormitorio, mientras Franco llama al médico. Yo, tengo otra visión. Veo a mi querida hermana, vestida de novia y a Franco esperándola al pie del altar. Entonces veo un par de ataúdes a un costado de los novios. La novia llega y empieza la ceremonia. Un rato más tarde, termina dicha ceremonia.

Los novios se dan un beso y se acuestan cada uno en sus respectivos ataúdes. Después veo dos ataúdes más esperando afuera de la capilla y mucha gente vestidos de color amarillo y muchas flores blancas.

Despierto del trance dando gritos y el médico que me examina tiene que aplicarme un tranquilizante. Preocupado, le dice a David que quizás se adelante el parto, por mi nerviosismo

--- Sí, doctor, últimamente tiene visiones o sueños, todos negativos. Me preocupa el estado de ella y el bebé.
--- El bebé está bien, es ella la que me preocupa. Esperemos a que despierte.
--- ¡También me preocupa doctor! Vamos, le invito a tomar desayuno.
--- Ella sólo está preocupada por el matrimonio de su hermana... sólo está un poco nerviosa, doctor.
--- ¡Qué bueno que sólo sea eso!, ven mamá, ya no te alarmes, Mariela se pondrá bien.

Con la preocupación reflejada en sus rostros, se dirigen al comedor, se sientan y comienzan a hacer planes de la boda de mi hermana y franco. Luis David mi hijo, se sentía afligido, de rato en rato miraba a mi hermana y mi madre, a su corta edad, sabía lo que sucedería.

Cinco horas después, despierto y llamo a David, el acude a mi llamado y le comento la visión que tuve en la capilla durante el matrimonio de Sandra, sin poder evitar el llanto; mi amado esposo trata de tranquilizarme luego del desahogo, le pido no comentarle nada a mi hermana ni a nadie de mi familia. Me abraza con ternura tratando de encontrar una salida; luego, mi hijo entra en la habitación se acerca a mí abrazándome me dice:

--- Mami, no te preocupes, la tía estará bien.

Miro asombrada a mi amado hijo y le pregunto:
--- ¿Por qué dices eso?
--- Porque, yo vi que ella y Franco estaban tirados en el piso mamá.
--- Bendito seas hijo, ellos estarán bien, no te preocupes ve con Benita y dile que te prepare un jugo.
--- Bueno mamá ¿Puedo después salir al jardín?

--- Claro que sí… te amo.
--- Yo también te amo mamá.

Al quedar solos, mi esposo y yo, sonreímos por la bendición de tener un hijo con dones especiales, escuchamos un toque en la puerta, David abre y entra el médico preguntándome:

--- ¿Te sientes mejor?, debes tener reposo y si te hace bien, procura ver cómo evitar tragedias.

Ahora me voy; cualquier cambio, me llaman.

--- Lo haremos…, gracias por tu apoyo.

El médico se retira de la habitación y nuevamente nos fundimos en un abrazo, luego me incorporo en el lecho y le digo:

--- Tenemos que evitar que suceda esa tragedia. Les diremos que se casen otro día a la fecha indicada, así no les pasará nada. ¿Qué dices?
--- Ojalá nos crean mi amor, hablaremos con ellos, ahora descansa un rato.

Por la noche, llamo a mi hijo y mi esposo y después de tratar el tema, de la visión que tuve, nos unimos los tres para hacer una petición. Al día siguiente llamo a mi hermana Sandra y franco; éstos acuden, sonriéndoles David y yo, le aconsejamos cambiar la fecha de su boda.

Sandra nos mira fijamente y dice:
--- Si algo está pasando o va a pasar, ¡díganlo de una vez!, ¿qué pasa?
--- ¿Para qué entrar en detalles?, ¡solo cambia la fecha, eso es todo!, hermana.

Sandra y Franco se miran; luego acceden a la petición, cambian la fecha del matrimonio para una semana después. Llega el día de la boda de mi hermana, asistiendo toda la familia y amigos, ese mismo día, se van de viaje a los Estados Unidos. Con la ayuda de mi amado esposo y nuestro hijo, pudimos apartar esa energía negativa que acechaba a mi querida hermana y a su amado Franco.

Los meses pasan rápido llegando el día del nacimiento de mi bebé. Una hermosa niña a quien pusimos el nombre de Esmeralda.

Estamos tan felices, ocupándonos de nuestros hijos, sin descuidar a los niños de la casa hogar, que crecen rápidamente.

Mis hijos Luis David y Esmeralda, ven y escuchan voces de niños que juegan con ellos, yo, también los veo y les enseño a no tener temor, cuando desaparezcan y tratamos como padres, que lleven una vida normal, aunque es imposible.

Una tarde mi hermano me llama, para comunicarme que mi padre está enfermo, deje a mis hijos con Benita y acudimos a verlo a la hacienda. Cuando llegamos… nos esperaba para despedirse de nosotros; mi madre llora la partida de su amado compañero de toda la vida. Afuera un viento frío azota el techo y la luna se esconde entre nubes grises.

Mi hermana Sandra regresa de su largo viaje con Franco y entre todos comenzamos los preparativos del velorio y el funeral del patriarca de la casa…mi amado padre. Rápidamente se enteran los vecinos y amigos acudiendo serviciales a apoyarnos a ordenar el patio de la casa de mis padres, para velarlo ahí, según su voluntad.

Las vecinas ayudan con la comida, casi es de noche cuando llegan trayendo el ataúd donde descansaría el cuerpo de mi padre. Lo visten y lo colocan dentro del ataúd, luego lo llevan al patio para ser velado. Acompaño un rato inclinando mi cabeza, pero al levantarla, veo a mi padre junto a su ataúd, está sonriente al lado de Mario, Tobías y otros campesinos, acercándose a mí, me dice:

--- Perdona por no creerte en vida, que podías ver a los muertos, hija; ahora me alegro que los veas, porque así te puedo decir muchas cosas que me hubiera gustado decirle a tu mamá lo que casi nunca le dije… que la quiero mucho. Díselo y llévatela a tu casa; no la dejes aquí, porque morirá de pena; adiós hija.

--- Adiós papá; cuídate en donde te toque ir y no te preocupes... yo cuidaré de mamá.

Esa noche se tornó muy fría; nadie fumó ni bebieron aguardiente, solo comieron y acompañaron

Completamente sobrios, a mi madre y a nosotros, sus hijos.

Al día siguiente lo llevamos cargado en hombro, por los amigos y campesinos a enterrarlo en el cementerio de la hacienda, junto a la tumba de sus amigos en vida. Una vez más los tiempos los une.

Mi madre arroja flores sobre la tumba siguiéndola nosotros y todos los demás. Cuando nos retirábamos, deje a mi madre con mi hermana, para visitar la tumba de la mujer sin nombre a la que yo llamaba "la señora de negro" la misma a quien había ayudado a encontrar el tesoro que estaba enterrado en el jardín de la que había sido su casa y muchos años después, el patio de la casa de Elsa, quien ya no vivía ahí. Aquel fue un tesoro que gentilmente entregara a Elsa y a mí, y me sirve para ayudar a muchos niños huérfanos.

Me arrodillo y le deposito flores en su tumba, mientras oraba, cuando escucho una voz que me llama:

---- ¡Mariela, Mariela!, gracias por venir, yo no me puedo ir, tengo otro baúl enterrado cerca de la casa de tus padres... sácalo y ayuda a los necesitados, ayúdame en esto:
---- ¿Cerca de la casa de mamá?, está bien.
--- Gracias por ayudarme, Mariela.
--- Pero dígame, ¿cómo se llama usted?
--- Yo me llamo Ingrid, soy española, me casé aquí en Lima y estos terrenos eran de mi esposo y mío, unos desalmados, nos accinaron y mis dos niños desaparecieron, tenía la esperanza de verlos, pero ya no quiero estar aquí, ¡quiero irme! Escúchame, detrás del corral de tu casa, debajo del sembrío una lápida y la pongas sobre mi tumba.
--- Está bien señora. Así lo haré.
--- Gracias Mariela, sé que eres una buena chica. Cuídate y adiós.

Después de una semana, nuevamente nos unimos, para el lavatorio de la ropa de mi padre. Entre todos llevamos la ropa hasta el río, mientras un grupo preparaba pachamanca para el almuerzo. Lavamos la ropa, tendiéndola en los arbustos mientras esta secaba, destaparon la pachamanca, quitaron las piedras, las mantas y hojas de plátanos; sacaron todo en una olla y sirvieron a todos los presentes, que ya estaban sentados y saborearon la comida.

Por la tarde cocinaron caldo de cabeza de res o patasca. Las mujeres con la pollera mojada, reían haciéndose bromas entre sí; Los hombres con los pantalones remangados y húmedos, compartían una "mamajuana" de vino, que había llevado uno de los vecinos.

Yo, los contemplaba sonriente, mientras me levantaba la pollera que me puse, mis dos hermosas trenzas se levantaban con el viento, y unas gaviotas miraban de lejos, sacudiendo sus alas, como si quisieran llamar mi atención me di cuenta de esto y sacando maíz me aleje del grupo. Unos niños que acompañaban al grupo, gritaron:

--- ¡Miren…, Mariela está haciendo bailar a las gaviotas!

Inmediatamente todos voltearon la mirada hacia donde yo, me encuentro y contemplaron cómo, con las manos en alto, hacía un círculo con las gaviotas, mientras daba vueltas. Luego se posaron en mis manos extendidas, alegremente; pronto se acercaron otras aves y todas volaron en círculos.

Uno de los amigos dijo:

--- Esta muchacha es un ángel de bondad, todos la quieren; hasta los animales. Luego otro dijo:
--- Tiene dones especiales, Sí, es **la mujer de las alas rotas**, pero ahora ya se las curaron.

Mientras yo, disfrutaba el momento tan bello con los amigos los animales, llegaron las cinco de la tarde, recogimos la ropa y la colocamos encima de un montón de paja seca, que ya estaba lista;

luego le prendieron fuego para quemarla.

Sirvieron el caldo, lavaron los platos en el río y nos preparamos para el regreso. Abrace fuertemente a mi madre y después de agradecer a todos, nos alejamos rumbo a la casa.

Ya era de noche; la luna alumbraba en su totalidad como si fuera de día, iluminando el camino, disipando las sombras.

Al llegar a casa, mis hijos me esperaban corrí a abrazarlos.

--- ¡Mis amores!, ¿cómo están?
--- Bien mami. Mamá, ¿por qué estás vestida así?
--- Cuando era niña, mis hermanas y yo nos vestíamos así, con estas faldas largas de muchos colores, se llaman 'polleras'… son muy bonitas. ¿Les gusta que me vista así?
---- Es bonita, pero te ves extraña mami, pero sí me gusta, estás linda mami; sabes, vi a mi abuelo y se despidió de mí, dice que se va de viaje. ¿Se despidió de ti mami?
--- Sí, él va a estar bien, ¡ven con mamita!

Entre lágrimas y alegrías, nos alistamos para descansar. Cuando todos duermen, me levanto despacito, para no despertar a mis hijos, salgo al patio interno y veo una pequeña llamarada azul, entre los corrales de los animales, donde hay un sembrío de col, me asomo para ver de cerca, fue entonces cuando recordé a la señora de negro.

Vino entonces a mi mente, aquel tesoro, moviendo la cabeza miro al infinito, luego entro a la casa, me acuesto junto a mi esposo y quedo profundamente dormida.

Al día siguiente, me levanto temprano dejando dormir a mis niños, voy al encuentro de mi mamá, quien sonriendo me dice:

--- Te sigue el tesoro hija, es para ti, la tierra es generosa contigo. Te servirá para seguir ayudando a tus niños.
--- Sí, mamá, pero otro día será, ahora te vienes conmigo a mi casa y me ayudarás con mis hijos. ¿Aceptas?
--- Está bien hija… si me quedo aquí, creo que moriría pronto, mejor vamos a tu casa.

--- Bueno mamá, hoy mismo nos vamos a casa, hablaré con mi hermano para que se encargue de todo en tu casa; ya regreso.

Nos quedamos arreglando unos documentos y almorzamos juntos toda la familia. Por la tarde regresamos a casa, con mi mamá.

Tres años después, fallece mi madre. La llevamos a la hacienda siguiendo la tradición de la familia.

Un año después, con la ayuda de mis hermanos, desenterramos un cofre en el patio trasero de la casa de mis padres, es un cofre pequeño con monedas de oro; una parte los compartí con mis hermanos y lo demás lo guardé, para la construcción de otra casa hogar, la alimentación y estudios de niños huérfanos y gente necesitada.

Sufrí mucho con la pérdida de mis padres, con los sueños terribles, hechos realidad, con las visiones, con los viajes realizados al fondo del mar. Soy feliz al tener un ángel, mi abuela; soy feliz al viajar y conocer ciudades hermosas fuera de este planeta y adquirir conocimiento. Soy feliz con el amor de mi amado esposo porque es como yo, un ser de otra dimensión, mis amados hijos también. Soy feliz, porque tengo plena convicción, que la muerte no existe, la luz y la vida esperan al despertar.

FIN DE LA NOBELA

INDICE

Epígrafe... 3

Dedicatoria... 7

Prólogo... 9

El

Made in the USA
Columbia, SC
27 July 2024